JN242954

「はぁ……。リディ、ちゃんと挨拶なさいな」
◆イザベル◆
「んん～……」
◆リディ◆
◆エレオノール◆
「わたくしがエレオノールですぅ。アベル様、よろしくお願いいたしますねぇ」

ジゼル
「よろしくね、アベるんっ！」
アベル
「……クロエから聞いてるかもしれねぇが、オレがクロエの叔父のアベルだ」
クロエ
「えっ!? アベル叔父さん、あたしのパーティに入ってくれるの!?」

「悔しい？　悔しいわよねぇ？
コレは貴方のギフトの倍は物が入るのよ？
しかも、給料も必要ないし、
いちいちわたくしたちに指図しない。
完全なる貴方の上位互換！
宝具とはいえ、タダの道具以下に
成り下がった気分はいかがかしらぁ？」
◆ブランディーヌ◆
アベルを追放したパーティのリーダー
「コレさえあれば、【収納】しか
できない貴方はもう用済みなのよ！」

パーティ追放から始まる収納無双！

～姪っ子パーティといく最強ハーレム成り上がり～

くーねるでぶる（戒め）

ぶんか社

CONTENTS

第一章　追放

「アベル、貴方(あなた)はクビよ！」

「あ？」

ブランディーヌの生意気な物言いにカチンときて、ついその紫の長髪が垂れる顔を睨(にら)む。

毎度、我がことながら粗暴な態度だとは思うが、こうしてなきゃナメられる。冒険者家業はナメられたら終わりだ。

オレも意識しなくとも粗暴な態度になるくらいには、冒険者ってやつに染まってきたってことだな。まったく嬉(うれ)しくねぇが。

オレの視線の先、いつもはすぐさま伏せられるブランディーヌの緑の目が、今日は余裕の笑みを浮かべてオレを見下していた。

「はぁ……」

「くふっ。くふふ……」

オレはため息をつき、真正面から大剣を背に担いだガタイのいい女、ブランディーヌを見る。オレが聞き返しても意見を曲げる様子がない。それどころか、ブランディーヌは楽しくて仕方がないといった歪(いびつ)な嗤(わら)いを浮かべたままだ。

面倒なことになったな。ダンジョンから帰ってきたばかりで疲れてるってのに……。

今は冒険者ギルドに併設された食堂のテーブルに座り、レベル6ダンジョン『氷雪』を攻略した打ち上げをしているところだ。オレたちのパーティのリーダーであるブランディーヌに音頭を任せたら、いきなりオレのクビを宣言しやがった。

マズイことに周りにいる冒険者たちも、こちらの不穏な空気に気が付いたらしい。先ほどまでうるさいくらい騒いでいた冒険者たちが静まり返り、オレたちの様子を窺っているのがわかる。

「本気か？」

オレの問いかけに、待っていましたとばかりにブランディーヌが口を開いた。

「当たり前よ！　だいたい、わたくしは最初から気に食わなかったの！　確かに、アンタの冒険者経験はご立派かもしれないけどね！　実際にモンスターと戦いもしない荷物持ちの分際で、いちいちリーダー面して指図してきてうるさいのよ！」

こんな大勢の冒険者の前で宣言した以上、もう取り消すことなんてできない。それぐらいブランディーヌにもわかるだろう。つまり、それだけブランディーヌは本気だ。本気でオレをクビにしようとしている。

どちらにしても、同じパーティメンバーだろうが、リーダーだろうが、若輩者にここまで言われたら引き下がることなんてできない。冒険者にとって、メンツとは時に命よりも重いのだ。

「未熟者の小娘が吠えやがる。オレの助言がなければ、今頃お前たちなんてとっくに死んでるぞ？　いつも無茶な指示ばっかり出しやがって。お前はいつになったら学習するんだ？」

「その上から目線が気に食わないと言っているのよ！　いつもわたくしの指示と反対のことを口に

して！　いいこと！　貴方の助言は、戦えもしない弱者の弱い意見でしかないの！　強者には強者の意見があるのよ！」

オレの言葉に、ブランディーヌが唾を飛ばして吠える。だいぶ鬱憤が溜まっていたらしい。不満を口に出せて心が晴れたのか、やけにスッキリした表情のブランディーヌが印象に残った。

確かに、オレとブランディーヌは意見を違えることが多かったのは事実だ。ブランディーヌは経験不足と想像力のなさがそうさせるのか、無茶な決定をすることが多い。それを毎度のように諫めてきたのがオレだ。ブランディーヌにとっては、毎回自分の意見に異を唱えられるのだ。そりゃ不満も溜まるだろう。

オレを嫌ってくれてもいい。その分成長して、いつかオレを追い抜いてくれたらいい。そう思っていたんだが……。

ブランディーヌの表情がどうしようもない愉悦に歪むのがわかった。いつも自分の容姿を鼻にかけていたブランディーヌらしかぬ醜悪な笑みだ。薄々わかってはいたが、これがブランディーヌの本性なのだろう。

「だが！　それも今日まで！　コレを見なさい！」

ブランディーヌが手にしている物。それは、見た目はなんの変哲もない革のバックパックだ。だが、オレはそのバックパックがただの鞄ではないことを知っている。

マジックバッグ。ダンジョンから見つかる宝具の中で、おそらく一番有名な宝具だ。その見た目からは考えられないくらい大量の物が入る魔法の鞄。マジックバッグに入れた時点で時間が止まるのか、中の物が腐る心配もない。おまけに、いくら物を入れてもマジックバッグは軽いままだ。

全ての人が欲しがるだろう、まさしく魔法の鞄。それをオレたちはダンジョンで手に入れた。

「コレさえあれば、【収納】しかできない貴方はもう用済みなのよ！」

「………」

ブランディーヌの言葉に、オレは〝またか〟という思いに駆られた。

「悔しい？　悔しいわよねぇ？　コレは貴方のギフトの倍は物が入るのよ？　しかも、給料も必要ないし、いちいちわたくしたちに指図しない。完全なる貴方の上位互換！　宝具とはいえ、タダの道具以下に成り下がった気分はいかがかしらぁ？」

オレはまたマジックバッグに居場所を奪われるのか……。

パーティを追放されるのは……これで三度目だ。一度目も二度目もマジックバッグを手に入れたことが直接的な原因だったが……。まさか三度目もこれとはな……。

「お前らも同じ意見か？」

オレは同じ席に着く他の四人に目を向ける。

椅子をギシリと軋ませて、縦にも横にもデカい全身鎧姿の巨漢、セドリックがすまなそうに口を開く。

「アベルさん、リーダーの非礼は詫びよう。だが、ブランディーヌの言う通りだ。マジックバッグを手に入れた以上、アベルさんにできることは、もう何もない。ここは大人しく身を引いてくれ」

セドリックの隣に座る男、セドリックとは対照的に線の細い男が、少しも悪く思ってなさそうな顔で嗤う。黒くタイトな格好をした、黒と見間違えそうなほど濃い赤毛の男。パーティの斥候役のジョルジュだ。その顔はニヤニヤとした笑みを隠さず、気分が悪い。

「キヒヒッ。そういうこった。わりぃな、おっさん」

ジョルジュの後に続くように、神経質そうに震えた口を開くのは、豪奢な赤いローブを着た金髪の男。パーティの魔法使いクロードだ。声は静かだが、よほどオレへの不満が溜まっているのか、細く鋭い目で睨みつけてくる。腕を組み、右手の人差し指が苛立ちを表すようにローブを叩いていた。

「はぁ……もういいだろうアベル？　お前ももう年なんだから、ここらで引退したらどうだ？　お前がいると、どれだけ功績を挙げたとしても、お前のおかげという目で見られるんだ。僕にはそれが我慢できない」

こいつらのことは、十五の成人したての頃から今まで六年も面倒見てるから、そういう目で見られることもあるだろう。だが、そんな声は功績を挙げ続ければ、いずれなくなる。所詮はやっかみの声でしかない。そんなこともわからねぇのか。自分たちが評価されないからとオレを切り捨てるのは、短絡的にもほどがあると言える。

しかし、パーティの皆はクロードの意見を支持するようにウンウンと頷いている。

白地に青のラインが入った修道服が、パツパツになるまで筋肉が盛り上がっている男が椅子から立ち上がった。その巌のような四角い顔。パーティの回復役にして戦士。武装神官、あるいはモンクと呼ばれることもあるグラシアンだ。

「拙僧たちは、正当な評価とさらなる飛躍を望んでいるのだ。そのためには、貴殿のような老害はもはや不要。パーティにとって害悪ですらある。それを理解されよ」

グラシアンの痛烈な罵倒が静まり返った冒険者ギルドに響く。きっと、他の冒険者たちにも聞こえたことだろう。ざわざわとした意味の聞き取れない言葉のさざ波が起きた。

「これでわかったでしょう？　貴方はもう必要ありませんの！」

ブランディーヌの言葉通り、オレ以外のパーティメンバー五人全員がオレの追放を望んでいる。そんな状況に眩暈さえ覚えた。

確かに、パーティメンバーとの関係は最近ギクシャクとし、思わしくなかった。オレ自身も面白くないものを感じていたが、それはこの若造たちも同じだったらしい。そして、マジックバッグを手に入れたことで今までの不満が爆発したのだ。

それは、これまで命を預け合った六年間の絆を吹き飛ばすほどのものだったようだ。

オレは、なんだか急に何もかもがバカらしく思えてきた。こんな奴らでも、オレは真摯に向き合ってきたつもりだ。確かに、コイツらにとっては面白くないことも言ったかもしれない。だが、それもコイツらの成長を思えばこそだったんだが……。

宝具一つで仲間を切るような判断をするような奴には付いていけない。コイツら、オレを切り捨てるのはいいが、自分たちも切り捨てられることもあるってわかってるのかねぇ……。

「いいだろう、わかった。オレはパーティを出ていく」

こんな奴らとは話すだけ無駄だ。オレは豪華な料理が並んだ席を立つ。

「お待ちなさい。何を勝手に行こうとしているんです。出す物出してからお行きなさい」

パーティに背を向けたオレにブランディーヌの声がかかる。

出す物？　パーティの荷物は全てマジックバッグに入れ替えた。今さらオレに出す物なんてないはずだが……？

「何を出せってんだ？　忘れ物なんてねぇだろ？」

「いいえ、ありますわ！　そもそも、戦えもしない貴方が一丁前に一人分の分け前を貰(もら)っていたことが間違いだったんですわ。今までの迷惑料込みで、有り金全部置いていきなさい。それでやっと釣り合いが取れるってものです」

コイツは何を言ってるんだ？

「そんな横暴が通ると本気で思ってんのか？」

半ばブランディーヌの頭を心配したオレに対し、

「ブランディーヌの言が正しい。置いていかれよ」

「キヒッ！　あんたも変な後腐れは嫌だろ？　置いてけよ」

「アベル。あんたにはそれだけ迷惑してたんだ。きっちり出す物を出していけよ」

「拙僧もブランディーヌの判断を支持する。戦えもしない弱者が、強者である我々と同じ給金というのは納得できなかった」

セドリック、ジョルジュ、クロード、グラシアン、皆ブランディーヌに賛成らしい。コイツら、どうしようもねぇな。

今までのオレの教育はなんだったのか……。そんな虚しさを感じる。

「はぁ……」

オレは重いため息をついて、虚空からズシリと重い革袋を取り出した。そいつをブランディーヌに向けて放り投げる。

「あら。随分とまぁ貯め込んでいたものね。それだけわたくしたちは貴方に搾取されてたってことでしょう？　まったく、厄介な寄生虫が消えてせいせいしますわ」

ブランディーヌの罵倒を聞いても、もはや怒りも湧いてこない。

「コイツは手切れ金だ。もうオレに関わるな。オレもお前たちに関わらない。それでいいだろ？」

「当たり前です。頼まれたって関わってあげませんから」

オレの言葉に、ブランディーヌが頷く。これで、オレとコイツらはもうパーティメンバーでもなんでもない。赤の他人だ。

「最後に一つ。次にダンジョンに行くなら、レベル5のダンジョンに行くといい。そこで自分たちの実力を確認しておけ」

オレの最後の忠告に、ブランディーヌたちは気分を害したような表情を浮かべるのが見えた。

「うるさいですわ！　最後の最後までわたくしたちをコケにして！　わたくしたちが次に行くのはレベル7です！　わたくしたちは貴方みたいな臆病者ではありません！」

ブランディーヌの怒声に頷くパーティメンバーたち。コイツらは自殺願望でもあるのか？

まぁ、もうオレには関係ねぇか。

「はぁ……」

オレはやるせない気持ちをため息に変えて、その場を後にするのだった。

「「「「かんぱーい！！！」」」」

後ろから盛大な乾杯の声が聞こえる。ブランディーヌたち『切り裂く闇』の連中だ。オレがいなくなったことを心から喜んでいるのが伝わってくる。あんな奴らとパーティを組んでいたなんて、自分の見る目のなさが嫌になるな。

ヒソヒソと囁き、オレと『切り裂く闇』の連中に窺うような視線を向けてくる冒険者たち。こんな大勢の前での追放劇だ。明日には、王都の誰もが知るところとなるだろう。今から憂鬱な気分だ。あんな奴らだが、冒険者パーティの中では期待の有望株だ。そこからの追放。しかも、これで三度目。となると、オレの悪評が立ちそうだな。「またマジックバッグに居場所を奪われた間抜け」なんて言われそうだ。

「クソッ！」

思わず口から罵倒の言葉がこぼれる。踏み出す足も、荒々しく冒険者ギルドの床を踏み鳴らしていた。苛立ちを隠すことができないほど、オレの心はささくれだっていた。

こんな姿を見せては、ブランディーヌたちを喜ばせるだけだとわかっていても、抑えることができなかった。

「クソがッ！」

なんでオレのギフトは【収納】なんだ。オレも戦えるギフトが良かった。そしたら、オレだってこんな思いを三回もせずに済んだ。

ギフトは神からの賜(たまわ)りものだ。自分で選べるようなものなんかじゃない。全ては神の御心ってやつだ。自分のギフトに不満を言うなんて、教会の連中に知られたらめちゃくちゃ説教されるだろう。

だが、何もこんな中途半端なギフトをくれなくてもいいじゃないか。

【収納】のギフトは、その名の通り、物を収納できるギフトだ。しかし、その容量は幾度もギフトを成長させたオレでも小部屋一つ分くらいに過ぎない。大きな豪邸をまるごと収納できるようなマジックバッグには逆立ちしても勝てはしないのだ。

幸い、ダンジョンでしか手に入らない宝具であるマジックバッグは希少品だ。だから、オレのようなマジックバッグの下位互換みたいな奴でも、マジックバッグを持っていない奴らに重宝される。

だが、それもマジックバッグを手に入れるまでだ。

教会によれば、ダンジョンは神が人間たちに与えた試練らしい。その報酬にオレのギフトなんて霞(かす)んじまうようなマジックバッグがあるのは、なんだか納得できない事実だ。

【剣士】のギフトも【魔法】のギフトも、宝具によってその能力を強化されることはあっても、必要のない人材になることはありえない。【収納】のギフト持ちだけが宝具によって居場所を奪われる。

オレは冒険者だ。ダンジョンに潜り、宝具を見つけるのが仕事だ。今まで様々な宝具を見つけてきた。希少と呼ばれるマジックバッグも三度も発見した。

その三度とも、オレはパーティを追い出された。

なんだか自分のしていることが、ひどくバカらしく思えてきたのだ。オレは自分の居場所を失うためにダンジョンに潜ってきたのか。そんな被害妄想まで浮かんでくる。オレは、冒険者を続けるべきなのだろうか？

神様ってやつは、なんでマジックバッグなんて宝具を人に与えようと思ったのかね……。

『宝具とはいえ、タダの道具以下に成り下がった気分はいかがかしらぁ？』

ブランディーヌの言葉が、ふと頭を過る。

オレは惨めな気持ちを抱えたまま冒険者ギルドのスイングドアに手をかける。無意識に力を過剰に込めてしまったようで、木製のスイングドアがミシミシと音を立てて歪んだ感触が指に伝わってきた。

気が付けば、オレは歯を食いしばり、全身が力んでいた。やり場のない怒りにも似た激情が、体の中で渦巻いているのだ。はらわたが煮えくり返るなんて言葉がエルフにはあるらしいが、まさに今のオレの状態を表すのに適しているように思えた。

「ふぅー……」

オレは努めて自分の体の中で荒れ狂う熱を吐き出していく。怒ったところで意味がないことはわかっているのだ。しかし、冷静であろうとするオレの努力とは裏腹に、オレの思考は熱に浮かされたように、過剰に回り出す。マジックバックの撲滅計画まで立て始める始末だ。

ペキッ！

そんな思い通りにならない体にまで苛立ち、ついにはスイングドアを握り潰していた。

手のひらに感じる鈍い痛み。むしり取ったスイングドアの欠片が刺さっていた。

手のひらが熱さを帯びて、どくどくと脈打つ。それと同時に指先に感じるぬるりとした感触。幾度も覚えのある感触だ。

血と共に体を駆け巡っていた熱さも流れ出ていくような気がした。残ったのは後悔にも似た暗い感情だ。

「はぁー……」

先ほどの熱いため息ではなく、今度は深く沈み込むようなため息が出た。まるで自分の体の中のものが吐き出されてしまいそうなほどの深いため息。

オレはようやく冒険者ギルドのスイングドアを開け、王都の大通りへと出た。もう日が沈んでいるというのに、今日も王都の大通りはお祭り騒ぎのように騒がしい。

しかし、今のオレには、その喧騒がどこか遠い出来事のように、まるで実感が持てないでいた。

たくさんの明かりに照らされた大通りを、背中を丸めてトボトボと歩く。

「ははっ……」

我ながら、ひどい感情の落差だと思う。そのことがおかしくて、自然と嗤いがこぼれた。

オレの心をここまで歪めたブランディーヌたちは、今頃、歓喜の絶頂だろう。その事実に、オレの心に暗い炎が灯る。炎はすぐにオレの心をのみ込んで、体では行き場のない熱の奔流が荒れ狂う。

「クソがッ……」

止めるんだアベル。お前はもっと冷静な判断ができる奴だろう？　レベル8ダンジョンのボスと対峙(たいじ)した時だって、ここまで冷静さを欠いたことはないはずだ。いつもとは様子が違う自分に必死に言い聞かせる。

「はぁー……」

口から熱い呼気(こき)が漏れた。この熱い激情も、オレ自身が折り合いを付けないといけないのだろう。

まったく、嫌になるぜ。

第二章　新たな出会い

「まぁ、そんなことがあってよぉ……」

「そうなの……」

オレは狭く質素な部屋の中で、テーブルを挟んで向かいに座る姉貴に愚痴をこぼす。姉貴は痛ましげに眉尻を下げてオレのことを見ていた。

オレの姉貴、マルティーヌ。その黒く輝く黒曜石（こくようせき）のような瞳と髪は、オレとの確かな血縁を感じさせる。オレも黒髪黒目なのだ。

姉貴はまるで二十そこそこに見えるが、御年三十五歳。三十二歳のオレの姉貴なんだから当然オレより年上だ。大して化粧っけもないのに、この見た目なのだから驚かざるをえない。オレと並んで歩くと、兄妹と間違われるのは日常茶飯事（にちじょうさはんじ）。ひどい時には親父（おやじ）と娘に間違われたこともあるくらい若く見える。

そんな姉貴に対して、オレは実年齢よりも年上に見られることが多い。姉貴曰（いわ）く、この無精ヒゲが原因らしいが……いちいちこまめに剃（そ）るのも面倒だ。ダンジョンに行ってる時は伸び放題なんだから今さらだと思うんだが、姉貴は「街にいる間はしっかりしろ」と仰せだ。まぁ、面倒だからそこまで丁寧に剃らないがな。

閑話休題。

オレが姉貴に語って聞かせたのは、オレが所属していた冒険者パーティ、ブランディーヌ率いる『切り裂く闇』との一件だ。要するに、オレは昨日のことを朝一番から姉貴に愚痴っているのだ。我ながら女々し過ぎて心が痛い。

大勢の冒険者の前で起こったパーティ追放劇。きっと、今日中には王都の誰もが知るところとなるだろう。パーティから追放されるなんて、尋常なことではない。きっと、今頃はオレの悪い噂(うわさ)で持ちきりだろうな。想像するだけで、頭が痛くなるほど憂鬱だ。

「でも、あんたがこのタイミングで解任されるなんて、神様のご差配かしら？」

姉貴が突然おかしなことを言う。薄い笑みを浮かべ、喜んでいるようにも見えた。姉貴は人の不幸を、ましてやオレの不幸を笑うような奴じゃなかったはずだが……？

「どういう意味だ？」

「もう、怒らないの」

自分でも気付かぬほど、多少語気が強くなったのだろう。返しきれないほどの大恩ある姉貴にまで噛(か)み付こうだなんて、今のオレはどうかしているな。だが、姉貴はオレを優しく窘(たしな)めるように言う。なんていうか、姉貴の中ではオレはまだガキのままなのかもしれないな。完全に子ども扱いだ。

「クロエが冒険者になったことは、あんたも知ってるでしょ？」

「あぁ……」

姉貴の言葉に苦いものが込み上げる。クロエというのは、ついこの間成人したばかりの姉貴の娘だ。クロエは何を思ったのか、冒険者なんて半ばギャンブラーのような安定性の欠片もない職に就いちまった。姉貴に言わせると、オレの影響が大きいらしい。最悪だ。

ただのギャンブルなら失うものは金で済む。しかし、冒険者は自分の命をチップに賭けるバカの集まりだ。失うものは手足で済めばいい方で、最悪死ぬ危険も十分にある危険な職。そんな仕事に就いた姪が心配で仕方ないし、姉貴には申し訳なく思っている。

オレが冒険者になる時も泣いて止めようとした姉貴だ。自分の命よりも愛おしいと公言しては憚らない娘が冒険者になることも当然反対した。しかし、娘の意思を尊重したいという気持ちもあるようで、止めるに止めきれなかった。

当然だが、オレもクロエが冒険者になるのには反対した。かわいいかわいい姪だからな。オレの影響で冒険者に夢を見ているようなら、オレが現実をわからせて諦めさせるのが筋だろう。

しかし、普段は素直なクロエも、冒険者になることだけは譲れないと言って、一歩も引かなかった。そのままクロエが一向に引かずに時が経ち、クロエが成人と共に勝手に冒険者ギルドの門を叩いてしまったというオチが付く。オレはクロエを止めきれなかったのだ。

「あんたがパーティをクビになったなら丁度いいじゃない。あんたがクロエをサポートしてあげて？　あたしは冒険者じゃないから、なんのアドバイスもできないのよ……」

そう言って悲しそうな表情を見せる姉貴。その黒い瞳は、オレにもわかるほどはっきりと潤んでいる。

本当は母娘揃って布の染色の職をと考えていた姉貴だ。娘の手助けができなくて、ひどくもどかしい気持ちを抱えているのだろう。

冒険者は王都の花形なんて褒めそやされるが、その分、危険な職業だ。本音を言うなら、姉貴は娘にもオレにも、冒険者なんて辞めてほしいと願っているに違いない。

「ねぇ、お願いよ。こんなこと頼めるのはあんたしかいないの……」

その姉貴が、いつも強気な態度でオレに涙なんて見せなかった姉貴が、涙を隠そうともせずオレに頭を下げている。

オレには、姉貴に返しきれないほどの恩がある。姉貴の恩に報いるためにも、そして、オレにとってもかわいい姪であるクロエのためにも、オレは固く決意する。

「頭を上げてくれよ姉貴。オレにやらせてくれ」

オレは震える姉貴の手を取りながら懇願する。

オレには、クロエが冒険者になることを止められなかった後悔がある。

クロエがオレのせいで冒険者に憧れてしまったのなら、きっちりとその責任を取るべきだ。

「やらせてくれ姉貴。オレが絶対にクロエを護ってみせる！」

オレはクロエの無事を姉貴に誓った。戦闘系のギフト持ちじゃないオレ程度にどれほどのことができるかわからないが、できる限りクロエを護ると誓った。

この誓いは必ず成し遂げなくてはならない。

幼いオレを、自分の身を犠牲にしてまで育ててくれた姉貴の願いだ。何があっても必ず貫き通す。

何があってもだッ！

「ありがとう、ありがとう……」

オレの手を両手で取り、自分の額に押し付けるようにして涙を流す姉貴の姿。こんなの見せられたら奮起するに決まってる！

ましてや、クロエはオレにとっても目に入れても痛くないかわいいかわいい姪だ。頼まれずともやるのが叔父（おじ）というものだろう。

「任しとけよ姉貴。オレはこれでもレベル6パーティを三組も育てたベテランだぜ？　今度も必ず立派に育ててやるさッ！」

まぁ、三回とも捨てられてるんだがな。そんな言葉を隠して、オレは精一杯の虚勢を張る。もう姉貴を泣かせることがないように。いつもの強気な姉貴が返ってくるように。

「ほどほどでいいんだよ。怪我（けが）しないのが一番なんだからね……」

不安でいっぱいだろう姉貴が、それでも笑顔を見せる。オレは姉貴の頬を伝う涙に再度誓う。姉貴の娘は、クロエは必ず護ってみせると。

「それで姉貴、クロエはどうしたんだ？」

ようやく姉貴の涙が止まったところで、オレはクロエについて尋ねる。いつもはオレが姉貴の家を訪ねるとすっ飛んで会いに来るのに、今日はまだ姿が見えない。まだ寝てるのか？

まぁ、朝も早い時間だから寝ているというのも十分ありえるか。

他人の家を訪ねるなら見合わせるが、姉貴の家ならまあいいか。そんな時間帯だ。

結局、昨夜はまたしてもオレの居場所を奪ったマジックバッグと、オレを追放したブランディーヌたちへの噴き上がるような怒りを感じたり、無力な自分への諦観にも似た無気力感に襲われたりを繰り返し、とても眠ることなんてできなかった。

酒に逃げるのは、なんだか負けた気がしてできず、宿に帰る気にもならず、仕方なく王都の大通りの片隅でいじけていたのだ。我ながらひどく惨めだな。

きっと人の優しさや温もりを求めていたのだろう。気が付けば、オレは姉貴の家に足を運んでいた。朝も早い時間だというのに、姉貴はオレを快く迎え入れてくれた。

そのことが、泣き出してしまいそうなくらい嬉しく、オレの心に積もった澱が浄化されていくような心地さえした。

やはり、姉貴の家に来て正解だったな。

あわよくば、このまま居座って愛しのクロエに会って、一緒に朝食を食べていこうなんて考えている。朝食には、朝市で多めに買った食い物を姉貴に渡すつもりだ。

女手一つで子どもを育てるなんて大変だからな。今までの恩返しの意味も込めて、オレのよくやる戦法の一つだ。姉貴は頑固だからな。金銭の類は受け取らない。だからこうして食べ物やらに変換して渡しているのだ。

姉貴も朝食を作る手間が省けるし、オレも唯一の親族である姉貴とクロエ、二人の体調を確認しながら、ゆっくりと落ち着いて食べられる。まさに持ちつ持たれつの関係だろう。

「まだ寝てるわよ。昨日ダンジョンに行ったから、疲れているのかしら？　でも、そろそろ起こさないとね。クロエが起きたら朝食にしましょ。あんたも食べていく？」

だいぶ目の周りの赤みも引いてきた姉貴が立ち上がり、台所へ向かおうとするのをオレは手を挙げて止めた。

「これ、朝市で買ってきた。一緒に食おうぜ」

オレがそう言って持ってきた大きな籠を持ち上げると、姉貴が呆れたような目でオレを見ていた。なんでだ？

「あのねぇ。あんたの気持ちはありがたいけど、そんなにいっぱい食べれないでしょ？　残ったらもったいないじゃない」

「残ったら、後でクロエと二人で食べればいいだろ？」

それを見越して、日持ちのする食材も買ってきている。そんなに呆れた目で見なくてもいいじゃないか。

「それにその籠。また朝市で買ったんでしょ？　まったく、あんたが市場に行くたびに籠が増えるんだから……。もったいないから買い物に行く時は、自分の籠を持って行きなさい」

「へいへい……。そんなことよりも早く食べようぜ。腹が減っちまった」

「そんなことって、もう……」

姉貴のいつもの小言をやり過ごして、食事の催促をする。実はかなり腹が減ってる。昨日のダンジョン攻略を祝った打ち上げの豪華な夕食を食いっぱぐれてから、何も食べていないんだ。

「はぁ……。クロエー！　ご飯よー！」

オレのまったく反省していない態度に諦めたのか、姉貴がため息をつくと大声でクロエの名を叫んだ。

その光景に、なんだか懐かしいものが込み上げてくる。昔はオレもああやって姉貴に起こされてたっけか……。

そんな感傷に浸っていると、ギィイと立て付けの悪いドアが開く音が聞こえてくる。そちらに目を向ければ、気だるげな美少女が眠気眼を擦りながら大口開けてあくびしていた。

ぴょんぴょんとあちこちに跳ねた肩までかかる黒いセミロング。綺麗に整えられた眉の下には、薄っすらと開かれた濡れた黒曜石のような黒い瞳が見える。頬から顎にかけてのラインはふっくらとしつつもシャープで、優美な曲線が描かれていた。あくびのために大きく開けられた口は、しかし小さくかわいらしい。まだ化粧もしていないのだろう。淡いピンク色の彼女本来の唇の艶やかな色が露わになっていた。クロエ……しばらく見ないうちに、また魅力的になったなぁ……。

着ている服も就寝用の簡素な継ぎ接ぎだらけのワンピースのみ。はしたないと言われても仕方がない起きてすぐの格好だが、無性に愛おしい気持ちが込み上げてくる。

身内の贔屓目をなしにしても、クロエはとても魅力に溢れた美少女だと思う。それこそ、美しいと評判のエルフよりもクロエの方が美しいと思っているほどだ。

オレは知らず知らずのうちに目を細めて、慈愛の気持ちでクロエを見ていたことに気が付く。男親が娘に甘いと世間で言われているように、叔父も姪に甘くなると思う。それこそ、なんでもしてやりたくなるほどにな。

「ぁ……ッ!?」

クロエの眠そうな瞳がオレを捉えた瞬間、パッチリと大きく見開かれた。大きな黒の瞳は、姉貴によく似ている。

「……ハッ!?」

クロエの開いたままだった口がガチンッと閉じられ、その顔がみるみるうちにかわいそうなくらい真っ赤(まっか)に染まっていくのが見えた。

「なっ!?　えっ!?　アベル叔父さんっ!?　なんでっ!?　あっ!!」

それだけ言うと、クロエは部屋に逃げるように飛び込み、バタンッと大きな音を立てて扉を閉じてしまう。

「こらっ！　今からご飯だって言ってるでしょ！　早く出てきなさい！」

「だってアベル叔父さんがっ！　もー！　なんで叔父さんがいるって先に言ってくれないの!?」

姉貴が両手を腰に当てて閉じられたドアに向かって叫ぶと、ドアからくぐもったクロエの声が聞こえてきた。どうやら、オレが家にいたのが予想外だったのか、ひどく慌てているようだ。部屋からはバタバタと物音が聞こえてくる。何をしているんだ？

「叔父さんがいても別にいいでしょ？　早く出てきなさい！」

「全然良くないっ！　着替えっ！　着替えてから行くからっ！」

「あんたは着替えるのに時間かかるんだから、それじゃあいつまで経っても食べれないでしょー!?」

ここ最近、オレが姉貴の家に朝食を食べに来ると、いつもこんな感じだ。クロエもオレに対して

無防備な姿を見せることを恥ずかしく思うくらいには、大人になったということだろう。異性とはいえ親族なんだから、そんなに恥ずかしがらなくてもいいのにな。それこそ、オシメも替えてやったことがあるというのに、今さらな気がする。

昔はニパッと笑顔を浮かべてオレにタックルするように駆けてきたもんだが……これが思春期ってやつかねぇ。オレはクロエの成長を喜ぶと同時に、子どもらしい無邪気さが失われつつあるのを寂しく思った。

「ごめんなさいね。クロエったらまた恥ずかしがってるみたいで……もう、あの子ったら……」

「いいさ。オレにも覚えがあるからな」

オレは姉貴に肩をすくめてみせる。

今では着る服にも頓着せず、無精ヒゲのまま平気で外に出かけるオレだが、こんなオレにも異様に自分の容姿や格好が気になっていた時があるのを覚えている。あの時は、髪を無駄に伸ばしてみたり、本気でアフロにしようか悩んだり、いろいろと変なこだわりを持っていたもんだ。これは誰もが経験する一種の通過儀礼みたいなもんだろう。クロエの気が済むまでやらせてみよう。

まぁその結果、あまりにも長いクロエの身支度に業（ごう）を煮やした姉貴が、クロエを無理やり引っ張ってくるまでがいつものセットだ。気長に待とう。

「もうっ！　いい加減になさい！」

「ちょっ!?　勝手に開けないでよっ!?」

ついに姉貴が寝室に突入し、クロエの悲鳴のような声が聞こえてくる。クロエの立てこもりは、こうしてあっけなく終幕を迎えた。まぁ寝室への扉には鍵がないからな。こうなるのも仕方ない。オレは、そんなことをぼんやりと思いながら台所の竈(かまど)を見つめていた。だいぶ煤(すす)で汚れてるな。今度掃除しに来よう。

「ほら、早く来なさい！」

「待って待って待って！　今、下パンツだからっ！　丸見えだからーっ！」

「叔父さんだから別にいいでしょ！」

「叔父さんだから恥ずかしいのっ！」

そんな姉貴とクロエのやり取りを後ろに聞きつつ、オレはジッと台所の竈を見つめる。身近な親族といえども、異性に下着姿を見られるのは恥ずかしいようだ。まぁ、多感なお年頃っていうからなぁ。この間たまたま不可抗力で干してあるクロエの下着を見ちまった時なんて、半日も口をきいてくれなかったくらいだ。

ただの布でしかない干してある下着を見ただけでもそれだ。下着姿なんて見た日にはどうなるか……考えるだけで恐ろしい。

だからオレは、少しも視線を逸(そ)らさずに台所の竈を見つめ続ける。間違っても着替え中のクロエを見ちまわないようにな。オレは気を使える素敵な叔父さんを目指しているのだ。

「さあ、食べるわよ」

「はーい……」

姉貴と共に、少し不貞腐れたような様子のクロエが席に着く。服を着替えたというのに、まだ恥ずかしいのか、クロエの頬はピンクに染まっていた。少しかわいそうだが、そんなクロエもかわいらしい。

クロエは右手で顔を押さえ、左手で髪を手櫛で整えているところだ。頑固な寝グセなのか、あまり変わった印象がしないな。相変わらずぴょこぴょこあちこちに跳ねている。

「今日は叔父さんがご飯を買ってきてくれたわ。ほらクロエも、叔父さんに感謝して」

「ありがとう叔父さん……あと、そんな見ないで。恥ずかしい……」

「あ、あぁ。わりぃわりぃ」

オレは、恥ずかしがるクロエから視線を外すと、テーブルの上に並べられてから時間が経ってしまった料理へと手を伸ばした。

テーブルに所狭しと置かれたのは、野菜やソーセージ、チーズなどがふんだんに盛られたバゲットや、でっかいソーセージの丸焼き。芋とチーズのアリゴや、キッシュ。鴨のコンフィ、新鮮なサラダ、ズラリと並べられた多種多様なチーズ。鍋ごと買った豆と肉の煮物であるカスレもある。姉貴が買い過ぎだと言うのもわかるな。まさに色とりどりといった感じだ。

それらを手掴みで口に入れては赤ワインで流し込むのがオレの食事スタイルである。姉貴も似たようなものだ。しかし、クロエはオレの方をチラチラと見ながら、お上品にキッシュを小さく千切っては口に運んでいた。そんなんで腹が膨れるのか？

オレが疑問に思ってクロエを見ていると、チラチラとこっちを見ていたクロエと目が合った。

「ッ⁉」

クロエがビクッと体を硬直させると、次第にその淡いピンクの頬が朱に染まっていく。

「お、叔父さん……見過ぎぃ……」

「お、おぅ……」

食べてる姿を見られるのが恥ずかしいのだろうか？　まぁ思春期って変なこだわりとか持ちがちだよな。

「わりぃな」

オレはそれだけ言ってクロエから視線を外す。

「うん……」

クロエは真っ赤に染まった顔を隠すためか、俯（うつむ）くように頷く。その後もクロエからチラチラと視線を寄こされたが……これはなんだ？　何かの符丁、暗号か？

乙女心ってのは幾つになってもわからないもんだなぁ。

そんなオレとクロエの様子を、姉貴はニマニマと笑ってみていた。

「えっ⁉　アベル叔父さん、あたしのパーティに入ってくれるの⁉」

先ほどまでの恥ずかしがるような、どこかオレに対して距離を取るような態度はどこへ行ったのか、クロエがテーブルに身を乗り出して、こちらをキラキラとした黒い瞳で見ていた。その予想外の勢いに押されて、オレはのけぞるように身を引いてしまう。

どうしたってんだクロエは？　なんだか急に活き活きとしやがった。

「あ、あぁ。ちょっとパーティメンバーと折り合いがつかなくなってな。今のオレはどこにも所属していない。それでもし、クロエが良かったらでいいんだが……オレをパーティに入れてくれないか？　七人目でもいいからよ」

冒険者パーティの人数は、六人までと相場が決まっている。それが、神の課したルールだからだ。

ダンジョンというのは、神が創った魂の精錬所って説が一般的だ。本当かどうかは知らないが、主に教会の連中がそう説いて回っている。魂がどうのって話はよくわからないが、ダンジョンに潜ると恩恵があるのは確かだ。

その恩恵というのが、ギフトの成長である。ダンジョンのモンスターを倒すと、ギフトが成長するのだ。

もちろん、普段の生活の中でもギフトは成長していく。しかし、ダンジョンのモンスターを倒すことに比べたら、その成長速度は遅々たるものだ。

なぜ、ダンジョンのモンスターを倒すとギフトの成長が促進されるのかはわかっていない。だが、先人たちの試行錯誤の結果、わかってきたこともある。その一つが、一度にギフトの成長の恩恵に与れるのは、六人までということだ。

ダンジョンの入り口には、必ず台座に鎮座した白い巨大な真珠のような物がある。そこでダンジョンに挑戦するパーティメンバーの登録ができるのだが、このパーティの上限人数がまず六人だ。

とはいえ、別にダンジョンに入ること自体に上限人数はないので、七人目以降もパーティと一緒ない。

にダンジョンに潜ることはできる。しかし、パーティメンバーがモンスターを倒しても、ギフトの成長の促進という恩恵があるのはパーティとして登録した六人までで、七人目以降はなんの恩恵もない。

パーティメンバーの誰よりも戦闘で活躍したとしても、パーティメンバーの中に何もしていない奴がいたとしても、七人目以降は恩恵に与れない。

ちょっと納得いかないものを感じるが、それがダンジョンのルールなのだから仕方がない。

そのため、多くの冒険者パーティは、六人編成だ。たまに五人のところがあるくらいか。

いきなりパーティメンバーを追放するなんて、普通じゃ考えられない暴挙だが、オレをパーティから追放したブランディーヌたちの考えもわからなくもない。六人という限られた人数で、よりパーティの質を高めるために、不要になったオレを追放して、新たな戦力をパーティメンバーに加えようというのだろう。

まぁ、いきなりこれまで苦楽を共にしてきたパーティメンバーを追放する冒険者パーティなんて、怖くて誰も命を預けられないだろうがな。あのバカどもは、常識ってものをわかっちゃいない。

「大丈夫よ！　ウチ、五人パーティだから！」

クロエがさらにグイッと笑顔で顔を寄せてくる。その眩しい笑顔に、オレの暗くなりかけてた心に、まるで一条の光が射した気分だ。

「そりゃ丁度いいが……なんで五人なんだ？　いいメンバーが見つからなかったか？」

「えっ？　あ、うん。ま、まぁそんなとこ……かな。それより！　ほんとにウチに入ってくれるの？　言っちゃあれだけど、あたしたちまだ初心者よ？　アベル叔父さんならもっといいところがあったんじゃないの？」

「いいんだよ。オレのことなんて気にするな。使えるものは便利に使っておけって」

オレは、別に稼ぎやギフトの成長が目当てで冒険するわけじゃない。クロエを護るために冒険するのだ。他のことなんて二の次三の次である。

「それよりも、クロエはいいのか？　叔父さんがパーティメンバーになっ……」

「いいわよ！　いいに決まってるじゃないっ！」

クロエがオレの言葉を遮って、噛み付くような勢いで答える。クロエはオレがパーティに入ることを認めてくれるようだ。ありがたい。しかし、一番の難関がまだ残っている。

「クロエは良くても、他のパーティメンバーはどうだ？　こんなおっさんがパーティに入るのなんて嫌じゃないか？」

「大丈夫よ！　きっと！」

クロエは自信満々に答えるが、オレには不安しかない。クロエのパーティメンバーを遠目から見たことがあるが、皆成人直後ぐらいの若い女の子だった。オレは若い女の子たちに歓迎されるような、スマートなかっこいい男ではない。そうじゃなくても、若い女の子の中におっさん一人だ。明らかに浮いている。異性がパーティメンバーになるのを嫌がる子もいるだろう。正直、不安しかない。

「そうは言うがな……やっぱり直接メンバーに話して了解を取った方がいいと思うぞ？」

「それもそうね。わかったわ！」

そう言うと、クロエはオレに向かって笑顔で手を伸ばす。それだけのことなのに、クロエが本気でオレを必要としていることがわかって、オレは、昨日の夜から抱いていた苛立ちや不満の感情が完全に消えていくのを感じた。

すごいな、クロエは。ただ笑いかけてくれるだけで、オレの心が清々しいまでに晴れ渡っていく。

「叔父さんの気が変わらないうちに、みんなの了解を貰わなくっちゃ！　早く行きましょ？」

どうやら、これからクロエのパーティメンバーに会いに行くらしい。まだ朝食の途中なんだが、クロエに言われたら断れない。

「わかった」

オレは最後にコップに残っていたワインを飲み干すと、クロエの小さく柔らかな手を取るのだった。


「オレのことは七人目でも、単なる荷物持ちみたいな扱いでもいいからな」

オレは、クロエと手をつないで歩きながら、それだけクロエに伝える。オレの目的はあくまでクロエを護ること。別に無理してまでパーティメンバーにならなくてもいい。

オレの左手に伝わる小さな温かさと柔らかさに、オレはクロエを護ることを再度心に固く誓う。

クロエたちはまだ初心者のパーティだ。たぶんマジックバッグを持っていないだろう。オレの【収納】のギフトでも役に立てるはずだ。そのあたりから説得すれば、最悪でも七人目としてクロエたちのパーティに付いていく許可くらい貰えるだろう。

「そんなことさせないわ。叔父さんならきっと大丈夫よっ！　まっかしといてー！」

クロエがオレの手を握り返しながら、ニッコニコの笑顔で応える。なんだか嬉しくて堪らないような笑顔だ。何かいいことでもあったのか？

超ご機嫌状態のクロエを見ていると、オレまで心がウキウキしてくる。なんでも買ってあげたい気分だ。例えば、服なんてどうだろう？　今、クロエが着ているのは、お世辞にも良い服とは言えない。姉貴の収入を思えば仕方がないのだが、ここはオレの出番ではないだろうか？

あぁ、クロエをお姫様のように飾り立てたいッ！

今思えば、オレがクロエに贈ったことのある服なんて、冒険者用の装備くらいしかない。なぜ、オレは今までクロエに服を贈ったことがないのだ。過去の自分を張り倒したいッ！

いや、待てよ。ここはいったん冷静になろう。クロエにだって服の好みはあるだろう。下手な服をプレゼントして、気に入ってもらえなかったら悲しい。

クロエは優しい子だ。きっと何をプレゼントしても表面上は喜んでくれると思うが、できれば、クロエが望んでいる物をプレゼントしたい。

実際に店に行ってクロエに選ばせるというのも手ではある。これならハズレはないだろう。しかし、サプライズプレゼントとして贈ってクロエを喜ばせたいという思いもある。

「ふむ……」

悩ましいな。どうするのが正解だ？

最初はクロエと買い物に行って、クロエの好みを分析するところから始めるのがいいだろうか。年頃の女の子の好みなんて、オレに理解しきれるかどうか……。やれやれ、サプライズプレゼントまでの道のりは遠いな。

そんなことを考えながら、クロエに手を引かれて歩くという至福の時間を味わっていると、行く先にそこそこ大きな商会が見えてくる。正面に掲げられた看板には、小麦が描かれていた。大手には及ばないが、中規模のシェアを誇る小麦問屋、リオン商会だ。

クロエとパーティを組んでいる者は、一応裏がないか調べ済みだ。ここリオン商会の商会長の娘がクロエのパーティに所属しているのも知っている。まずは、その娘から紹介してくれるらしい。

「叔父さん、こっちよ」

クロエに誘われるように店に入ると、焼きたてのパンの香りが漂ってきた。リオン商会は、パンの販売もしているのだ。

「いらっしゃいませ」

カウンターテーブルの向こう、白いお仕着せを着た中年の男が、笑顔を浮かべてオレたちを迎えいれた。クロエは小さくお辞儀をすると、男に向かって歩いていく。

「あのー、すみません。あたし、クロエって言います。エル……。エレオノールを呼んでもらってもいいですか？　紹介したい人がいるんです」

「承知いたしました。お先に応接間にご案内いたします」

「お願いします」

中年の男と会話するクロエの姿を見て、オレは感動に打ち震えていた。あの人見知りだったクロエが、堂々と年上の男と会話している。クロエの成長に乾杯したい気分だ。

思えば、成人してからクロエはめっきりと大人になったな。ちゃんと自分の意思を持って行動するようになった気がする。自分が成人したという自覚がそうさせるのだろうか？

「行きましょ」

「あぁ」

クロエに促されて、先導する男の後に続いて店の奥に歩いていく。店の中は人の気配がたくさんあり、活気があった。なかなか賑わっているようだな。

「こちらでもうしばらくお待ちください」

応接間に案内されると、すぐにお茶と菓子が用意され、くつろぐことができた。クロエも慣れているのか、優雅にお茶を楽しんでいる。

リオン商会。こちらも一応軽く調べてみたが、裏で悪い奴らとつるんでいるわけでもないし、周囲の評判も上々な商会だった。ひとまずは、クロエの友人の実家としては合格だ。

「クロエ、どうだ冒険者生活は？　順調か？」

「うぅーん……」

オレの問いかけに、クロエは難しい顔を浮かべてみせる。何か問題があるのだろうか？

オレの不安そうな顔に気が付いたのだろう。クロエは笑顔を浮かべて顔の前で手を振った。

「違うの。なかなか思い通りにならなくて落ち込んでただけ。あたしも早く叔父さんみたいに高レベルダンジョンを攻略したいのに、今のあたしたちは、低レベルダンジョンを攻略するのもやっと。なーんか、理想と現実のギャップ？　それを感じているの」

「どうする？　冒険者なんて辞めちまうか？」

オレはクロエが冒険者を諦めるなら、それでいいと思っている。むしろ、そうであってほしい。かわいい姪が、冒険者という死と隣り合わせの危険な職に就いているなんて心配で仕方がない。辞めてくれるなら万々歳だ。

「辞めない」

オレの問いかけに、クロエは真剣な表情を浮かべて言い切った。この顔は覚えのある顔だ。オレと姉貴がどれだけ説得しようと、頑(かたく)なに首を縦に振らなかったクロエの顔だ。

こりゃ何を言ってもダメだな……。

「そうか……」

オレはそれ以上言葉をつなげられず、黙り込むしかなかった。オレとクロエの間に静かな時間が流れる。

コンコンコンッ！

沈黙を破るように、ノックの音が飛び込んできた。

「どうぞ」

クロエの言葉に、応接間のドアがゆっくりと開かれる。現れたのは、まさにお姫様といった感じの少女だった。

「エルッ！」

クロエが勢いよくソファーから立ち上がり、部屋に入ってきた少女を出迎える。オレも一応立っておくか。これから命を懸け合う関係になるかもしれないからな。第一印象くらいは良いものにしたい。

「紹介するわ。こっちが、エレオノール。で、こっちがアベル叔父さん。あたしの叔父さんよ」

クロエの雑な紹介に苦笑しながら、オレは軽く頭を下げて少女に挨拶する。

「アベルだ」

「はぁい。わたくしがエレオノールですぅ。アベル様、よろしくお願いいたしますねぇ」

ちょこんと紺のロングスカートを摘まんで、ゆったりとカーテシーを披露するエレオノールに、右手を伸ばす。

間延びした声がそうさせるのか、なんだかゆったりした落ち着きのある少女だ。緩くウェーブのかかった豊かな金髪、親愛の情を感じさせる優し気な垂れ目の青い瞳。エレオノールから差し出された手は、オレなんかが触れていいのかと思うほど細く柔らかい。エレオノールの手の感触に、オレも慎重に手を握り返す。そんなことはないとわかっているが、下手したら壊れてしまいそうで怖い。しかし、でかいな……。

どこがとは言わないし、視線も向けたりしないが、その存在感は圧倒的だ。高価そうな白のブラウスを押し上げて、窮屈そうにしているのが視界の端に映る。正直、視線がそちらに行かないようにするのに精一杯だった。

今はクロエの前だからな。紳士なオレでありたい。

まったく、紳士を演じるのも大変だな。

「それで、今日はクロエの叔父様を紹介してくださるのですか？」

エレオノールが、こてんと首を横に傾げ、クロエに問いかける。そんな姿もとても優雅だ。今時の下級貴族なんかより、よっぽど上品だろう。

こんな優雅な所作を身に付けたクロエを見てみたい強い衝動に駆られる。きっとかわいいに違いない。クロエから「叔父様」なんて呼ばれた日には、昇天してしまうかもしれないな。

だが、オレは自らの衝動を抑え込む。どんな格好や所作をしていようと、クロエが一番かわいいのだ。オレの欲望で歪めることなど許されない。クロエにはのびのびと育ってほしい。

「そうそう。それでね、エル。叔父さんに『五花の夢』に入ってもらおうと思っているんだけど……賛成してくれる？」

「まあ！」

クロエの問いかけに、エレオノールが口に手を当てて驚いてみせる。そうだよな。少女たちだけのパーティに、オレみたいなおじさんを入れようなんて、驚くに決まっている。

できれば、承認してほしいところだが……難しそうだな。

クロエにとっては慣れ親しんだ親族だろうが、他の少女たちにとっては赤の他人だ。信頼などあるわけがない。そして、ダンジョンという命を懸けた危険地帯に潜るというのに、信頼できない者を連れて行くのはリスクがあり過ぎる。

オレは諦観にも似た気持ちでエレオノールの姿を見る。この少女の信頼を勝ち取るためには、時間が必要だ。いきなりこんなことを言われても困るだけだろう。

しかし、エレオノールは、オレの予想に反して柔らかな笑みを浮かべてみせた。

「ふふふっ。もちろん構いませんわ」

「は？」

まさかのエレオノールの快諾に、オレの方が困惑してしまう。

「ありがとう、エル！」

「あらぁ」

クロエがエレオノールに抱き付き、その大きな胸に顔を埋めた。エレオノールが、クロエを優しく抱き留めて、クロエの耳元で何かを囁いたのが見えた。

エレオノールが何を言ったのかはわからないが、エレオノールの言葉を聞いたクロエは顔を軽く上気させる。照れているのか？

「もう、そんなんじゃないったら。もー」

顔を赤らめてエレオノールの胸をぽふぽふと叩くクロエ。その姿は、オレにはまるで恋人同士のように親しそうに見えた。もしかしたらクロエはエレオノールといい仲なのだろうか？

独身のオレは、恋人たちの機微など詳しくないが、同性同士の恋人というのも珍しいわけじゃないことを知っている。仮にクロエがそうだとしても、オレは変わらずクロエをかわいがる覚悟だ。オレのクロエへの愛に果てなどない。

「まったく……。でも、エルが同意してくれて良かったわ」

クロエがエレオノールから離れて問うと、エレオノールは柔らかい笑みを浮かべて答える。

「わたくしはもちろん賛成いたしますけど、他の方はいかがでしたか？」

エレオノールの言葉に、クロエが腕を組んで難しい顔を浮かべてみせた。

「まだエルにしか教えてないの。他のメンバーには今から話しに行くけど、エルはどうする？」

「もちろん、ご一緒させていただきますわ。わたくしも微力ながら協力いたします」

「ありがとう！」

オレのような赤の他人のおじさんがパーティに入ることをなぜか快諾するエレオノール。彼女の狙いがわからないな。

クロエの所属する冒険者パーティ『五花の夢』は、同じ年頃の少女五人で結成されたパーティだ。オレのようなおじさんは、間違いなく異分子だろう。見た目からも明らかだし、話が合うとも思えない。

実際、オレには年頃の女の子の心の機微などまったくわからない自信がある。客観的に見て、上手くいくとは思えないのだが、どうして快諾してくれたんだ？

「………」

クロエとじゃれるエレオノールを見ながら、オレは結局エレオノールに疑問をぶつけられなかった。

なぜかはわからないが、せっかく快諾してくれたのだ。オレが話を蒸し返して、やっぱり反対するなんて言われたらかなわない。ここは沈黙を選ぼう。エルフの連中で言うところの雄弁は銀、沈黙は金ってやつだ。

「じゃあ、さっそくイザベルたちの所に行きましょう？」

「馬車を用意させましょうか？」

「いいわ、近くだもの。歩いて行きましょ。ほら、叔父さんも早くー」

「ああ」

エレオノールと並んで仲良さそうに歩くクロエに返事をしながら、オレはクロエたちの後を追うように歩き始める。

「それでねー……」

「まあ！　そんなことが……」

オレは少女たちの語らいを邪魔するほど野暮じゃない。まぁ、話に入れるとも思わんしな。少し離れて後ろから付いていく。

クロエたちの足は、リオン商会を出ると、大通りから外れ、裏路地へと進んでいく。治安が悪いとは言わないが、どこか寂れた感じがする。主に低所得者の多く住む地区だ。

おそらく、他の仲間はこの地区に住んでいるのだろう。寂れた雰囲気を破る少女たちの黄色い声は、なんとも場違いのような気がする。

「うぃーっく……」

前方から、朝から酒瓶を持ったみすぼらしい格好をした男が歩いてくるのが見えた。ただの酔っ払いだろうが、一応威嚇しておくか。クロエたちに絡まれたりしたら、殺してしまいかねない。

オレは全力でふらふら歩く酔っ払いの男を睨み付ける。すると、男はビクリッと体を震わせ、きょろきょろと辺りを見渡す。

「ひぃっ」

そして、オレの姿に気が付くと、軽く悲鳴を上げてよろよろと後ろ歩きを始めた。

「あっ」

酔った体で後ろ歩きなんてしたからだろう。男の体が後ろに倒れ、大きく尻もちをつく。

「ん？」

「あら？」

さすがに目の前で人が倒れたら気になるのか、クロエとエレオノールの視線が倒れた男に向かう。

クロエの視線をその薄汚い格好で奪うとは……許せんッ！

「ひやぁあああああああ！」

オレの本気の殺意を本能的に感じたのか、男が急いで立ち上がると、向こうに走っていく。

「ふんっ」

オレは腰に佩(は)いた剣の柄から手を離すと、小さく鼻を鳴らす。あんな格好でクロエの前に出るなど、万死に値する。クロエに悪影響があったらどうしてくれるのだ。

「なんだったのかしら？」

「さあ？」

クロエたちは、突然転んで走り去った男が不思議なのか、疑問の声を上げていた。これ以上あの男のことを考えるなんて、無意味どころか有害ですらある。オレはクロエの気を引き戻すために口を開く。

「クロエ、仲間の家はまだか？」

「え？　うん。あとちょっと。こっちよ」

クロエたちに誘われて辿り着いたのは、古いボロボロのアパートだった。外から見るだけでも、屋根や壁が剥がれ、今にも朽ちてしまいそうに見える。こんな所にクロエのパーティメンバーが？

「これはまた……」

姉貴の家も古いが、さすがにここまでひどくはない。こんな所に住んでいるのだ、よほど金銭的に苦しい生活をしているのだろう。

「貧しさから、冒険者へ……か」

毎年、食うに困って冒険者になる奴が一定数いるのは知っていたが……。そういう奴らは、装備の準備ができず、長い間低級ダンジョンをさまようことになる。食っていくのがやっとで、いつまでもろくな装備が準備できず、中級ダンジョンに挑戦することもできない。

そして、そんな状態から抜け出そうと無理をしてダンジョン攻略に乗り出し、死んでいくのだ。命は助かっても、深手を負って飢え死にするケースもある。華々しい活躍の裏にある冒険者の負の面である。

「ふむ……」

どうするべきかな。クロエが将来性のない奴らとつるんでいる状況をオレはどうするべきだろうか。クロエから引き離してしまいたいが、それをクロエが素直に了承するかが問題だ。

冒険者のパーティとは、命を預け合う友達よりも深い関係だ。

将来性がないからとクロエを説得したところで、クロエが頷いてくれるかどうか……。クロエには頑固な一面があるからな……。まぁ、そんなところもかわいいんだが。まったく、厄介なことになったな。

「こっちよ」

そんなオレの心配など気付かず、クロエはニコニコとボロアパートに入っていく。仲間をオレに紹介できるのが嬉しいのだろうか？

「はぁ……」

まぁ、まずは会ってからだな。会って見極めないといけない。クロエの害となる奴かどうかを。

オレは自分にそう言い聞かせてボロアパートへと足を踏み出した。

クロエを説得する言葉を考えながら……。

コンコンコンッ！

強く叩くと壊れてしまいそうなほどボロボロなドアをクロエは遠慮なく叩く。意外としっかりしているのか、装飾もないタダの木の板のようなドアは、硬い音を響かせた。

「はーいー」

中からまだ年若い少女の声が聞こえてくる。どうやら、本当にこんなボロアパートに住んでいるようだ。由々しき事態だな。クロエに友達を選ぶように言いたくはないが、ここの住人とは関係を見つめ直さなくてはならないだろう。

「だれー？」

目の前のドアが開くと、小柄な人影が現れる。

「やっほージゼル」

「こんにちは、ジゼル」

「おぉー！　クロクロにエルエルじゃん！　やっほー！」

姿を現したのは、クロエよりもさらに小さい少女だった。燃えるような赤い髪のポニーテール。大きな緑の瞳がキラリと意志の強そうな光を放っている。非常に活発な印象を受けた。

ジゼルの服は、少しきつそうなくらいのパツパツのミニスカートワンピース姿だ。言っちゃなんだが、小さい服を無理やり着てる感じだな。ワンピースにも繕った跡があるし、財政的に苦労しているのがわかる。なぜか、腰にベルトを巻いて剣を佩いているが、その剣も安物だ。

剣を佩いているのは予想外だったな。剣は安い物でもけっこうな金が必要になる。こんな所に住んでいる少女が持っているのは、少し予想外だった。

「およ？　そっちのおじさんだれー？」

ジゼルと呼ばれた少女が、緑の瞳を大きく開いてオレを見つめる。見ているだけで好奇心の強さを感じさせるワクワクした雰囲気を放つ瞳だった。

「ジゼル、こっちはアベル叔父さん。あたしの叔父さんよ。叔父さん、こっちはジゼル」

もうちょっと説明があってもいいのだがな。

オレはクロエの紹介に苦笑いを噛み殺して笑顔を浮かべる。

「アベルだ」

「あーしがジゼルだよっ！　よろしくね、アベるんっ！」

「ほう」

まさか会って一発目であだ名呼びしてくるとは思わなかった。このジゼルという少女、面白いな。

「よろしく、ジゼル」

オレがジゼルに右手を伸ばすと、ジゼルは躊躇（ためら）うことなくオレの手を取って握手した。やはり気が強い女の子だ。

オレは握手をしたままジゼルと見つめ合う。ジゼルはオレから目を逸らさない。やはりこの少女、気が強いようだ。剣を佩いているのだから、おそらく剣で戦うのだろう。前衛には、これぐらい気の強い奴の方がいい。

この少女は伸びるな。

そんな直感を覚えていると、オレとジゼルの握り合った手に、軽く手刀が落とされる。

「もうっ！　二人とも何見つめ合ってるのよ！　ほらっ！　離した離した！」

クロエが、オレとジゼルの間に入るようにして割って入ったのだ。

「なーにクロクロ、妬（や）いてるのー？」

「そんなんじゃないったら！　もうっ！」

ジゼルのからかうような声に、クロエがふんすっ！　と鼻息荒く言い返す。クロエも本気で怒っているわけではない。ただの少女同士の戯れだろう。怒った顔のクロエもかわいい。

「もう、ジゼルったら」

軽く息を吐いて、クロエの怒り顔が微笑みに変わる。少なくとも、このジゼルという少女とは冗談を言い合えるほど仲が良いことがわかった。これは、引き離すのは難しそうだな。無理をすれば、クロエに嫌われてしまう。そんなことは耐えられない。

「さて、どうするか……」

オレは小さな呟きを口の中で転がし、思案にふける。クロエが離れたくないのなら、無理に引き離すのは難しい。別の手段が必要だ。

「手がないわけではないが……」

オレの期待に応えてくれるかどうかが疑問だが、幾つか手段を考えておこう。

「イザベルとリディはどうしたのでしょう？　外出中ですか？」

「そだよー。王都の外にお出かけしてるー」

エレオノールの問いかけに、ジゼルはなぜかつま先立ちをして、くるりと一回転して答える。軸のブレがない綺麗な一回転だ。体幹の強さがわかる。しかし、このジゼルという少女、頭は大丈夫だろうか？　なぜ回ったんだ？

「いつ頃帰ってくるのか聞いていませんか？」

「聞いてないなー。たぶん、夜には帰ってくるだろうけどー」

察するに、このボロアパートに三人で暮らしているのだろう。そして、同居人の二人が外出中のようだ。いつ戻ってくるかは不明。

この狭いボロアパートに三人で暮らしているとは……。よほど金銭的に苦労していると思われる。

ジゼルには磨けば光るものを感じたが、残り二人はどうだろうか？

できれば、オレの期待以上の資質を持っていてほしいものだ。

「どうするクロエ？　また明日にするか？」

パーティメンバーとの顔合わせは明日に持ち越すか。クロエに聞いてみる。

「うーん……。できれば早い方がいいのよねー。ジゼル、イザベルたちの居場所はわかる？」

「うんっ。たぶんあそこだと思うよー」

「じゃあ、迎えに行きましょ！　ジゼル、案内頼める？」

「りょっ！」

ジゼルが笑顔でクロエの問いに、手を胸に当てて兵士の敬礼を真似(まね)してみせる。なんとも軽い調子の少女だが、大丈夫だろうか？

「んじゃ、行こ行こ。善は急げってねー」

オレたちはジゼルに導かれるようにボロアパートを後にした。

「たぶん、こっちのほー！　精霊とお話ししてるんだってー」

ジゼルに連れてこられたのは、王都の北に広がる草原だった。王都の北門を抜けたオレたちは、王都の外に築かれた露店街を通り抜け、ここまでやってきていた。

時たま草原を走り抜ける風が、草花を波のように揺らし、歩いて火照った体を冷やしていく。胸いっぱい呼吸すると、濃い緑の匂いと土の匂いにむせ返りそうになるほどだ。

「風が気持ちいい」

クロエが風に攫われた黒髪を手で押さえ、気持ちよさそうに穏やかな表情を浮かべていた。少女が大人への階段を上る今しかない貴重な過渡期。まるで絵のような美しさだ。むしろ、絵にして宿に飾っておきたい。いつでもクロエの姿を見れるなんて最高過ぎるだろう？　今度、絵師を連れてきて、クロエを描かせよう。

オレはそう心に強く誓う。むしろ、なぜ今まで思いつかなかったのか不思議なほどだ。可憐なクロエの一瞬を絵にして閉じ込める。それはとても素晴らしいことに思えた。

「ぐっ……」

チクショウッ！　なぜオレは今までクロエを見るだけで満足していたんだッ！　絵として残しておけば、クロエの成長を感じられるだけではなく、今はもう過ぎ去ってしまった幼いクロエともう一度会えたというのにッ！

自分の愚かしさに眩暈さえしてくる。オレは片手で顔を覆って、過去の己を悔いた。

しかし、とても残酷なことだが、時の流れを戻すことは誰にもできない。神にさえ不可能だ。今のオレにできるのは、未来に目を向けること。それだけだ。

「よしっ！」

オレは後悔を捨て前を見る。過去を悔やんでも仕方がない。今からでもできることをしなければ……！

「えー……。急に苦しそうにしたり、急に立ち直ったり、アベるんってばどうしたの？　頭の病気？」

「たまにこうなるの。気にしないで……」

「いったいどうしたのでしょうか……？」

「まぁいいや。あーしちょっと周り見てくるねー」

ジゼルが失礼なことを言うが、努めて無視する。今、オレは重大な岐路に立っているのだ。

「今からでも、遅くはないか……？」

「な、何……？」

オレは見つめられて恥ずかしそうに顔を少し赤らめているクロエを見つめ続ける。上目遣いでオレを見てくるクロエの破壊力に目を離せなくなっていたのだ。あぁ……このクロエの表情も絵にして留めてしまいたいッ！

問題は山ほどある。絵師の伝手もないし、絵の相場も知らない。しかし、一番の問題は、クロエが許してくれるかどうかだろう。オレはクロエの意に反して嫌われたくはない。もし、クロエが反対するなら、泣く泣くクロエ絵画化計画を止めるつもりだ。

まずはクロエに聞いてみよう。全てはそれからだ。

「クロエ……！」

「ちょっ!?　マジッ!?　マジヤバいって！」

オレがクロエに問いかけようとしたその瞬間、ジゼルの大声がオレの言葉を掻き消した。なんなんだ、あの女はッ！　オレがどんな気持ちでクロエに声をかけたと……ッ！

思わず、振り返ってジゼルを睨むと、ジゼルはオレの視線にも気付かないほど慌てていた。その顔は焦燥感に埋め尽くされ、悲壮感さえにじませている。何か良くないことが起こったのだと瞬時に理解させられた。

「何があった？」

「ヤバい！　ヤバいってマジで！」

問いかけるオレに返ってきたのは、ジゼルの中身が何もない叫びだった。緊急事態というのはわかるが、それ以外の情報が欠落している。これでは、何をすればいいのか、どう対処すればいいのかがわからない。初心者冒険者に多い失敗だ。これは報連相の大事さから教育せねばなるまい。

オレはジゼルに駆け寄ると、その細い両肩に手を置いて、軽く前後に揺らした。ジゼルの頭が前後に揺れ、その緑の瞳がオレの顔を映す。

ジゼルの目の焦点が合ったのを確認したオレは、敢えて落ち着いた口調でジゼルに尋ねる。

「落ち着け、ジゼル。いったい何があった？」

「あ……」

ジゼルの強張った表情が少しだけ緩み、その大きな目の端には涙の粒が浮かぶ。

「ジゼル、何があった？　お前はどうしてほしいんだ？」

早く内容を喋(しゃべ)れと怒鳴りたい気持ちを抑え、オレはゆっくりとジゼルに問いかける。パニックになった奴に怒鳴ったって無駄だ。まずは落ち着くように誘導しなければならない。

ジゼルの緑の瞳に理性の光が戻るのが見えた。

「助けてほしいッ！　ベルベルとリディたんを助けてッ！」

ジゼルの言葉に、クロエとエレオノールが身を硬くするのが見えた。共通の知り合いか？　それとも、紹介すると言っていたパーティメンバーだろうか？

「こっち！　こっち来て！」

ジゼルがオレの腕を掴むと、グイグイと引っ張っていく。おそらく、口で説明するより、実際に見てもらった方が早いと判断したのだろう。オレはジゼルに手を引かれるまま走り出す。オレたちの後を追って、クロエとエレオノールが駆け出すのが視界の端に映った。

クロエとエレオノールは、共にひどく強張って白い顔をしている。二人にとっても、とても重大な事件が起きているのだと理解する。

何が起こっているのかは、まだわからない。クロエに火の粉が降りかからねばいいが……。オレはクロエを護ることを再度己に固く誓った。

「早く！　こっち！」

ジゼルに手を引かれて辿り着いたのは、小高い丘の上だった。頂上に登ると、一気に視界が広がる。

その広がった視界の中に、草原を移動する集団が見えた。ここは街道から外れた場所だ。こんな所を大人数で移動しているとは考えにくい。何者だ？

オレは目を細めて移動する集団を確認すると同時に息をのむ。少女だ。二人の少女が小柄な人影の集団に追われている。身長はオレの腹ぐらいまでの小柄な体、緑の肌、その図体には似合わないほど大きな耳。ゴブリンだ。ゴブリンの集団に少女たちが追われているッ！　なんでこの王都の近くに魔物がいるんだッ!?

まだ距離は離れている。今から助けようとしても間に合うかどうか……。ここはクロエの安全を確保した方がいいか？

「なんてことッ!?」

「イザベルッ！　リディッ！」

エレオノールとクロエの悲鳴が耳朶を打つ。その瞬間に、オレは駆け出していた。緩やかな丘の下り坂を全速力で下っていく。

クロエの悲痛な叫びに、オレは弾かれたように反応したのだ。

名前を知っているということは、襲われている少女たちはクロエの知り合いなのだろう。もしかしたら、友達かもしれない。状況を考えれば、あの二人こそ捜していた残りのパーティメンバーの可能性が高い。

パーティを組むほど、それだけクロエと深い関係の少女たちかもしれないのだ。

冒険者パーティってのは、伊達や酔狂で組むものじゃない。コイツらになら自分の命を預けられる。時には、自分の命を投げ出せるほどの深い信頼で結ばれている。それが冒険者のパーティだ。

そんな仲間が失われたら、クロエはどう思うだろう？

オレはクロエを護ると誓った。ならば、クロエの心まで護らないのは嘘だッ！

「クロエたちは待機してろッ！」

オレはそれだけ叫ぶと、脇目も振らずに疾走する。クロエとエレオノールは武装していない。助けに来られても守るべき対象が増えるだけだ。クロエを危険にはさらせない。

きっとクロエは今頃悔しがっているかもしれない。仲間のピンチに動けないのは、とても苦しいのだ。だが、今は耐えてもらうしかない。クロエが耐えきれなくなる前に、全てを終わらせなくてはッ！

「こっちを見ろ！　ゴブリンどもッ！」

オレは精一杯の大声を張り上げて、少しでもゴブリンの注意を引く。我ながら、慣れないことをしているな。オレは戦闘では役立たずのパーティの荷物持ちでしかない。そんなオレが、多数の野生のゴブリンたち相手に単騎で立ち向かうことになるとは……。

ダンジョンのモンスターと違って、野生の魔物は強さがわからない。オレでは手に負えないような強敵の可能性もある。もしかしたら、オレは犬死かもな。だが、少しでも可能性があるなら、そこに賭けるべきだ。

普段だったら、そんな博打のようなマネをオレはしない。入念に準備した上で、安全を確保して、その上で負けない戦いをするのがオレのやり方だ。

だが、今回はクロエの心が賭かっている。無茶をする理由なんて、それだけで十分だ。

視界の先で、逃げていた背の高い方の少女が転んだのが見えた。最悪だ。

背の低い方の少女が、転んだ少女を守るように手を広げて前に出るが、そんなものはなんの役にも立たない。クソがッ！

少女たちに迫るゴブリンが、剣を振り上げて襲いかかるのが見えた。もう一刻の猶予もないことは明白だ。

止まってしまった少女たちとオレとの間には、まだ距離がある。その距離は絶望的だ。この距離を埋める手段が……あるッ！

「こっち向けコラッ！」

オレは【収納】のギフトを発動した。右手のすぐ傍に現れる真っ黒な空間。まるでそこだけ抉り取られたかのように、見通せないほど真っ暗な闇が姿を現す。

オレはその真っ黒な空間に右手を差し入れた。右手に返ってくる慣れ親しんだ触り心地に満足し、それを取り出す。

大きい。とても巨大なヘヴィークロスボウだ。ツヤ消しを施された真っ黒な機体。まるで猛獣の顎を思わせる純粋な暴力の化身。これこそがオレの相棒だ。野太いボルトが既に装填され、発射準備を完了している。このバケモノは、自らの力の解放の時を静かに待っているのだ。後はトリガーを引くだけで、暴力が形になる。

先にも嘆いたが、オレは戦闘では役立たずのタダの荷物持ちだ。そんなオレが唯一戦闘に参加で

きる機会。それが、このヘヴィークロスボウだ。

威力だけを追求したため、連射性も扱いやすさも皆無だが、その威力は高レベルダンジョンでも通用することを既に実証済み。オレのもっとも信頼する武器だ。

「弾けろッ！」

オレは走りながらヘヴィークロスボウを発射する。

ボウンッ！！！

まるで猛獣の唸り声のような重低音を響かせて、ヘヴィークロスボウに装填されたボルトが吐き出される。

パァンッ！！！

それと同時に起こるのは、汚い花火だ。少女たちに向かって錆の浮いた剣を振りかぶっていたゴブリンの頭が、真っ赤な血飛沫を上げて、まるで内側から爆発したかのように弾けていた。

頭部を失ったゴブリンの体が、ふらふらと前後に揺れた後、ベシャリと湿った音を立てて地面に倒れた。

「GA⁉」

「GEGYA⁉」

「A⁉」

突然、頭部を失って倒れたゴブリンの姿に、後続のゴブリンたちが驚きの叫びを響かせる。

「うぉおおおおおおおおおおお！」

オレはヘヴィークロスボウを投げ出し、大声を上げてゴブリンの集団へと突撃していく。ウォークライ。戦士たちが戦いに際して上げる雄叫(おたけ)びだ。少しでもゴブリンどもの注意を引くために声を張り上げる。

「GOBU！」

「GEHA」

「GOHYA」

ゴブリンどもも、迫るオレの姿に気が付いたようだ。ゴブリンどもの視線がオレに集まるのを感じる。殺気を帯びた鋭い視線だ。だが、オレは足を止めることなく疾走する。ヘヴィークロスボウの一撃が、オレにいろいろなことを教えてくれたのだ。

オレの視線の先にいるゴブリンども。奴らの強さはそこまで高いわけでもない。ヘヴィークロスボウで一撃で屠(ほふ)れたこと、ヘヴィークロスボウの攻撃に反応もできていなかったことが理由だ。ダンジョンで例えるなら、レベル6以下だろう。

オレが肉弾戦で相手にできるのは、レベル4ダンジョンのモンスターまでだ。それ以下の強さであることを切に願う。

「起きろ！　走れ！　死にてぇのかッ！」

オレは、未(いま)だに倒れ伏している小柄な少女に怒鳴り、逃げるように指示を出す。しかし、二人の少女は動こうともしない。オドオドとしているだけだ。何をしているんだ⁉　本気で死にたいのか⁉

「クソがッ！」

オレがゴブリンどもの注意を引いた今こそが少女たちの逃げる最高のタイミングなのだ。その黄金よりも貴重な時間が無為(むい)に消費されることに怒りを覚える。

最悪だな。オレは二人の少女を守りながらゴブリンどもと戦わなくてはならないらしい。

視界の先に見えるゴブリンの数は八体。五体が剣や棍棒(こんぼう)を装備したゴブリンウォーリア。残りの三体が、弓を持ったゴブリンアーチャーだ。

ゴブリンアーチャーどもが、オレを狙って弓を引く姿が見えた。クソッタレ！

オレはゴブリンアーチャーどもを注視しながら、さらに足を速めた。

ブンッ！　ブンッ！　ブンッ！

軽い空気を切り裂く音が三度響く。ゴブリンアーチャーどもが矢を発射した音だ。弦の鳴る音が耳に届いた瞬間、オレの目は迫る三本の矢を視認する。

意外に思うかもしれないが、矢ってのは横から見ると目で追えないほどの高速だが、縦から見ると、意外と視認できる。オレは迫る三本の矢の軌道を瞬時に把握すると、左にサイドステップを踏む。

ザリリッ！

左に跳ぶべく、オレは右足に力を込める。右のブーツの底で草を踏み潰し、土が弾ける感覚が足に返ってくる。

「ふっ！」

グッと体に左向きの力がかかり、オレの体が左へと流れる。

ヒュゥゥゥゥゥウウウウウウウウウウウウウ！

ゴブリンアーチャーの放った矢が、鋭い飛翔音を響かせながら、オレの顔のすぐ傍を通過する。欠けて錆の浮いた鏃（やじり）の貧相な矢。こんなのでも当たり所が悪ければ死ぬ。下にチェインメイルを着ているとはいえ、チェインメイルは矢や突きに弱いからな。

「あぁああああああああああああああ！」

オレは再度ウォークライを上げて、ゴブリンどもへと突撃する。コイツらの視線を少女たちに戻すことはできない。

「GYAGYA!?」

「GOBU!?」

オレが矢を避（よ）けたのがそんなに驚愕（きょうがく）することなのか、ゴブリンどもがどよめくのが見えた。この隙を見逃すわけにはいかない。

オレは進路をやや左に向け、ゴブリンどもを横目に少女たちとゴブリンとの間に割って入る。チラリと二人の少女たちを見れば、転んだままの黒髪の少女が、背を丸めて右の足首を押さえていた。足でもくじいたのか。どうりで走って逃げないわけだ。クソッタレッ！

「ぐ……ぅ……」

「あ……？」

草の上に倒れ伏した黒髪の少女が苦しそうに喘（あえ）ぐ。そして、もう一人の小柄な銀髪の少女は、先ほどまで放心していたのか、たった今オレの存在に気が付いた様子だ。なんとも頼りない。

二人の少女は、親子ほど体格が違う。小柄な銀髪の少女に黒髪の少女を運んで逃げさせるのは、厳しそうだ。

オレは無言で収納空間を展開すると、左手で素早く目的の物を取り出し、つっ立ったままの銀髪の少女に投げて渡した。

「回復薬だ。お前も教会の人間なら心得くらいあるだろ！」

「……ッ！　おねッ！　おね、さま……」

数瞬経ってオレの言葉を理解したのか、銀髪の少女が弾かれたように動き出す。その様子を尻目に、オレは目の前のゴブリンどもを睥睨(へいげい)した。

「GA……」

「GOBU……」

ゴブリンどもは、気圧(けお)されたように遠巻きにオレを見る。突然、仲間のゴブリンの頭が弾けてオレが現れたからな。警戒しているのかもしれない。

「……」

常にはない睨み合いに、オレにも緊張が走った。ダンジョンのモンスターは、彼我(ひが)の実力差を考えずに襲ってくるからな。睨み合いなんて発生しない。

どちらが先に動くのか……。

「うらぁあああああああああ！」

ゴブリンどもとの睨み合いの末、先に動いたのはオレだった。オレとしては、このまま時間を稼いで少女たちの治療の時間を作りたかったが、そんな悠長な話はゴブリンアーチャーたちに許されなかった。

オレがゴブリンウォーリアと睨み合っている間に、ゴブリンアーチャーが次の矢の準備をしていたのだ。

このまま睨み合っていれば、ゴブリンアーチャーにいいように射られるだけだろう。オレから動かざるをえなかった。

「極光の担い手よッ！」

オレは目を瞑（つぶ）ると、剣先を地面に突き立てる。すると、目を瞑ってもなお、視界が真っ白に塗り潰され、目の奥が焼けるような痛みを感じた。宝具の発動に成功したのだ。

宝具《極光の担い手》。オレの持つ闇を切り取ったかのような漆黒の長剣は、ダンジョンで見つかる不思議な力を持つ道具。宝具だ。

その効果は、今まで吸収した光を放出すること。強く、一気に放出すれば、強い閃光（せんこう）で、上手くすれば敵の目を焼き潰すことができる。戦えないオレのいざという時のお守りだ。今回の戦闘でのオレの切り札になる。

「GYAAAAAAAAAAAA!?」

「BUMOOOOOOOOOOOOOOOOOOO!?」

「HUGAAAAAAAAAAAAAAAAAAAAAAAA!?」

ゴブリンどもの悲鳴に、オレは成功を確信して目を開く。薄く霧のかかったような白濁(はくだく)の視界の中、ゴブリンウォーリアどもが目を押さえて剣や棍棒を闇雲に振っているのが見えた。

急に視界を奪われ、目の痛みに襲われたのだ。混乱しているのだろう。

オレは、混乱に乗じて、静かにゴブリンへと詰め寄った。

「ふんっ！」

「ッ⁉」

オレは、剣を振り回すゴブリンウォーリアに近づくと、一刀のもとに首をはねる。大きな耳の付いたゴブリンの首が、まるでおもちゃのように飛び、残された体からは血が噴き出す。白濁した視界の中でも鮮明な赤。まずは一体。

斬り捨てたゴブリンウォーリアに構わず、オレはさらに前へと駆ける。ゴブリンウォーリアどもは目を潰されて混乱している。しばらくは放っておいてもいいだろう。

「GEGYA⁉」

しかし、ゴブリンアーチャーどもを早く処理しなくてはならない。三体のゴブリンアーチャーのうち、一体は目を潰すことに成功したようだが、残り二体のゴブリンアーチャーが健在だ。

きっとゴブリンウォーリアが盾になって、閃光を受けなかったのだろう。この二体は素早く潰す必要がある。

「GEGYA！」

「GYAGYA！」

混乱して弓をブンブン振っているゴブリンアーチャーの横、二体のゴブリンアーチャーが弓に矢をつがえ、オレを狙うのがわかった。

ゴブリンアーチャーとの距離は、残り五歩ほど。先手を許すことになりそうだ。オレに、この距離で矢を二本避けるなどできない。オレにできるのは、下に着込んだチェインメイルの防御力を信じて最短距離を走ることだけだ。

オレは覚悟を決めて足を踏み出す。残り四歩。

その時だった――――。

「GYAGYAGYA！」

「KEKYAKYAKYA！」

オレから見て右奥にいるゴブリンアーチャーの弓が、オレから狙いを逸らす。オレは瞬時に理解した。少女たちが狙われているッ!?

ゴブリンってのは悪知恵が働くなんて、耳にタコができるほどよく聞く話だが、まさか、ここにきてそれかよッ!?

ゴブリンアーチャーは、少女たちを狙うことで、オレの侵攻を止めようとしている。オレが少女たちを庇うために足を止めて身を挺することを狙ったのだろう。

だが、それはお互いにとって最悪のタイミングだった。

足を踏み出したばかりのオレには方向転換など今さらできない。したくてもできない。ゴブリンアーチャーの目論見は叶わず、オレは少女たちを守ることができず、お互い最悪の結果しか待ち受けていない。

「クソがぁああああああああああああああああ！」

何か手はないか。だが、有効な手など瞬時に浮かぶはずもない。オレには収納空間を限界まで広げてゴブリンアーチャーの前に配置して、ゴブリンアーチャーの視界を奪うことしかできなかった。

オレの収納空間は、物を出し入れすることしかできない。現実には何も影響を及ぼさないギフトだ。ゴブリンアーチャーの矢を止めることもできないだろう。本当に、タダの目隠しの効果しかない。

オレにできるのは、ゴブリンアーチャーが狙いを外すのを願うだけだ。

「GOBU!?」

ブンッ！　ブンッ！

いきなり目の前が黒く染まって驚いたのか、ついにゴブリンアーチャーどもの矢が放たれる。

オレは剣を両手で構え、限界まで体を前に倒した。後先考えない、ただ相手を刺し貫くことのみを考えた構えだ。

矢を避けれるなら万々歳。矢を受けても足が止まらないように、矢の勢いに押されて後ろにひっくり返らないように、全体重を前へとかける。

ジャリッ！

「GEYA!?」

左耳のすぐ近くから不快な音が響くと同時に、オレは自分のギフトに違和感を感じた。何か入ってる――――？

左肩がもがれそうな強い衝撃を感じた。思わず、体が後ろに持っていかれそうになる。オレは歯を食いしばって衝撃に耐え、前へと一歩踏み出す。ゴブリンアーチャーまで、あと三歩！

「ぐッ!?」

左肩に鋭い痛みを覚える。しかし、オレには、今まで感じたことのない感覚に対する戸惑いの方が大きかった。自分の意思に関係なく、オレのギフトの力が発動した感覚だ。それと同時に、収納空間に異物が入り込んだのがわかった。

オレは【収納】の中に入れた物に対して、ある程度状態を把握することができる。収納空間を探ってみると同時に、オレの頭に閃きが起こった。

これならば、あるいは……ッ！

オレは、上手くいけば御の字とばかりに、さっそく思い付いた策を実行する。

「喰らえッ！」

オレの言葉と共に、少女たちを隠す目隠しとして展開していた収納空間から何かが飛び出した。鏃が欠けて錆も浮いた貧相な矢。ゴブリンアーチャーの矢だ。

オレの予想通り、《飛翔した状態で飛び出た》ゴブリンアーチャーの矢。その狙いは、少女たちを狙った卑劣なゴブリンアーチャーだ。

「GYA!?」

手早く次の矢をつがえていたゴブリンアーチャーの左肩に矢が生える。その拍子に、弓を取り落とすゴブリンアーチャー。

「しゃッらぁあああああああああああああああ！」

狙い通りに上手くいった。一体のゴブリンアーチャーを戦闘不能にしたオレは、喜びの声を上げて突撃する。ゴブリンアーチャーまであと二歩。

視界には、オレに向けて弓を構えて、矢をつがえようとしている残った一体のゴブリンアーチャーの姿が見える。その動作は熟練のそれで、嫌になるくらい素早い。クソがッ！

だが、オレはもうゴブリンアーチャーの矢を受けるつもりはない。オレは、ヘッドスライディングでもするかのように大きく前に飛び出し、腰だめに構えていた長剣を思いっきり前に伸ばす。

「死にさらせッ！」

オレの伸ばした剣の先が、ゴブリンアーチャーの喉へと吸い込まれていく。至近距離から見たゴブリンアーチャーの醜悪な顔は、驚きに固まり、その目を大きく見開いていた。まるでヤギのように横長の瞳と確かに目が合った気がした。

ゴブリンアーチャーの金の瞳が、ぐるりと上を向いてひっくり返る。

ズブリッとゴブリンアーチャーの喉を刺したオレの漆黒の長剣は、そのまま重力に引かれるように、ゴブリンアーチャーの体を縦に斬り裂いていく。オレの体が地面に落ちた時には、ゴブリンアーチャーの体を喉から両断していた。

断末魔（だんまつま）もなく果てたゴブリンアーチャーが、切り口から血を噴き出した。生臭く温かいドロリとした液体が、オレの顔を汚していく。気持ち悪ぃ。

血を噴き出したゴブリンアーチャーの体が、その勢いに押されるようにして後ろ向きに倒れた。

オレは急いで立ち上がると、すぐに残った左腕に矢を受けたゴブリンアーチャーへと襲いかかる。

「GUBA!?」

弓の扱えないアーチャーなど、敵ではない。逃げ出そうとしていたゴブリンアーチャーを即座に斬り捨てると、オレは戦場を振り返った。

「GAAA!?」

「GOBU!?」

「GYAA!?」

戦場の混乱は未だに続いていた。ゴブリンどもがしきりに目を擦りつつ、ふらふらと歩いては他のゴブリンとぶつかり、お互いに何もない空間へと武器を空振っている。

オレは、その様子に安堵を覚える。だが、この混乱はあくまで一時的なものに過ぎない。ゴブリンどもの目が見えるようになる前に、手早く仕留める必要がある。

オレは顔を拭う時間さえ惜しんで、静かに駆け出した。

もうウォークライを上げて注目を集める必要もない。視覚が潰された以上、ゴブリンどもが頼りにするのは聴覚だろう。余計な情報を与えることなく、素早く済ませてしまおう。

斬!

残った最後のゴブリンアーチャーの首をはねる。真っ赤な血が勢いよく噴き出し、まるで雨のように地上に降り注いだ。

これで残りのゴブリンは、ゴブリンウォーリアが四体。

オレはゴブリンウォーリアの背後へと回ると、素早く首をはねていく。あと三体。

後は流れ作業のように三体のゴブリンウォーリアの首をはねるだけだ。油断しているわけではないが、オレの心に余裕ができてきた。

「それにしても……」

思い出すのは、先ほどのゴブリンアーチャーとの死闘。その中で起きた不可思議な現象だ。

オレがせめて目くらましになればいいと展開した、底が見えない真っ黒な【収納】の空間。その中にゴブリンアーチャーの放った矢が入ったことも、収納空間から矢が飛び出たのも驚きだった。

今まで十七年間も【収納】のギフトを使ってきたが、まるっきり予想外の事態だった。こんなことがありえるのか。

【収納】の中は時間の流れが停止している。そして、オレは【収納】の中に入れた物に対して、ある程度状態を把握することができる。オレは、ゴブリンアーチャーの放った矢が、収納空間に入り、速度を保ったまま、飛翔した状態で収納されていることを確かに知覚した。

試しに出してみると、ゴブリンアーチャーの矢は、収納空間から飛翔した状態で現れた。これは画期的なことだ。

敵の遠隔攻撃を収納し、カウンターのように収納した相手の遠隔攻撃を放つことができる。もし、これが今回限りのものではなく、再現性があるものだとしたら……。

オレは居ても立ってもいられず、真っ黒な収納空間を開き、その中へと胸元に装備した投げナイフを投げ入れていた。

「【収納】」

そして、暴れ回るゴブリンウォーリアに向かって収納空間を広げ、先ほど投げ入れた投げナイフを外に出すと――。

「GYA!?」

投げナイフは真っ黒な収納空間から勢いよく飛び出すと、ゴブリンウォーリアの胸に突き刺さった。

「ははっ」

オレは気が付いたら笑みを浮かべていた。なぜ、今までこんな簡単なことに気付きもしなかったんだ。

そうだ。もしこれが常用できる能力なら……。頭の中に無数の策と疑問が浮かんでいく。もしかしたら、今までのオレは【収納】の能力を十分に活かしきれていなかったのかもしれない。

この能力は、荷物運びしかできないと腐っていたオレが過去のものになるほど、ヤバい可能性を秘めた能力だ。

【収納】のギフトの新たな能力が発見でき、オレは有頂天(うちょうてん)だった。なんせ、これが実現すれば、オレがパーティの戦力として貢献できるかもしれない可能性を秘めていたからだ。今までの戦闘では役立たずのただの荷物持ちからは卒業できる。これなら、もしかしたらマジックバッグを手に入れた後でも、クビになることはないかもしれない。今までの無力な自分とはおさらばできるかもしれない！

試したい。今すぐにでもこの力を試したいが……。今は我慢だな。

ドシュゥゥウウ！　ドシュゥゥウウウ！

最後のゴブリンウォーリアの首をはね、ゴブリンの首からドクドクと鼓動に合わせて勢いよく溢れる血を一歩後ろに下がって避ける。

ここは安全の確保された場所じゃない。ゴブリンどもの後続が現れないとも限らないからな。警戒が必要だ。

「イザベル！　リディ！」

「ベルベル！　リディたん！」

戦闘が終わったのを察知したのだろう。クロエとジゼル、エレオノールが、丘を駆け下りて、ゴブリンどもに襲われていた二人の少女に駆け寄ったのが見える。

オレも途中で投げ出したヘヴィークロスボウを回収すると、弦を巻き上げながらクロエたちに合流する。

「イザベル大丈夫⁉　怪我はない⁉」

「リディたんも平気？」

「お二人とも怪我はありませんか？」

クロエたちが心配の声を上げる中、草の絨毯(じゅうたん)の上に座り込んで、上体を起こした黒髪の少女が口を開く。

「おかげさまで大丈夫よ。怪我も治してもらったわ。ほら、リディも皆に元気な姿を見せて」

「んー……」

黒髪の少女の腰に抱き付いた銀髪の少女が、そのほっそりとしたお腹(なか)に顔を埋めている。そんな銀髪少女の頭を、黒髪少女は優しく撫(な)でていた。なんだか二人の体格差も相まって、まるで親子のようだな。

「あ……」

長い黒髪の少女が、オレの接近に気が付いたようだ。そして、黒髪少女の視線の先が気になったのか、クロエたちもオレの方を振り返る。

「お、叔父さん！　肩！　肩に矢が！」

「ん？」

急に騒ぎ出したクロエの視線の先を見ると、オレの左肩に突き立った貧相な矢に辿り着いた。そういえば、ゴブリンアーチャーに撃たれてたっけか。

「どどどどうしよう!?」

「どしよ!?　どしよー!?」

慌てるクロエの叫びに感化されたように、ジゼルが立ち上がって驚きの声を上げた。エレオノールも口に手を当てて驚愕を露わにしている。

「あぁ……これか」

オレは、左肩に突き刺さったままだった矢を無造作に引き抜く。

「叔父さん!?　そんな乱暴にしちゃ!?」

「慌てるな、クロエ。刺さってない。下にチェインメイルを着てるからな」

オレはローブの胸元を引っ張って、下に着込んだチェインメイルを見せた。

「チェイン、メイル……」

「そうでしたか……」

「おおー！　かっけー！」

クロエ、エレオノールが安堵の声を漏らし、ジゼルが目を輝かしてはしゃぐ。

「お前らも下にチェインメイルくらい着込んどくといいぞ。いざという時に頼りになる。それよりも、そっちの二人は大丈夫か？」

「助けてくれて本当にありがとう。私はイザベル。名前を聞いても？」

オレは、長い黒髪の少女、イザベルに頷いて返すと、口を開く。

「クロエの叔父のアベルだ。怪我はいいようだな。そっちのちっこいのも大丈夫か？」

「んー……」

銀髪の小柄な少女に問いかけたら、少女はイザベルの腹に顔を埋めながら、まるでムズがる子どものような声を上げる。その身に纏う白地に青のラインが入ったぶかぶかの修道服から、この少女が成人した治癒の奇跡のギフト持ちであることがわかる。だが、その体躯の小ささといい、この反応といい、とても成人しているとは思えない。まるで本当に幼い子どものようだ。

だが、ギフトが貰えるってことは、本人が成人していることを神が保証しているに等しい。どう見ても成人しているようには見えないが、あまりツッコミを入れると、逆に神を信じていないのかと藪蛇(やぶへび)になりかねないか……。

「はぁ……。リディ、ちゃんと挨拶なさいな」

「んん～……」

「もう……。ごめんなさいね。急にゴブリンたちに襲われたから、気が動転してしまったのかしら。この子の名前はリディ。私とリディを助けてくれてありがとう。本当に感謝しているわ」

「ああ……。なんだ、困った時はお互いさまってやつだ」

オレは、イザベルの感謝を軽く受け取る。全てはクロエのためにやったことだ。もし、イザベルたちがクロエの仲間でなければ、オレはクロエの安全を優先しただろう。

「えっとね、叔父さん。もうわかってるかもしれないけど、この二人が捜していたパーティメンバーなの。まさか、こんなことになるなんて……。叔父さんがいてくれて、本当に良かった。本当にありがとう、叔父さん」

「なぁに。いいってことよ」

オレはクロエの言葉に気を良くすると、イザベルたちを助けることができて良かったと安堵する。自然と顔には笑みが浮かび、オレは左手をクロエの頭へと伸ばしていた。

「ふぁ……。お、叔父さん。恥ずかしい……」

オレは、クロエの頭を優しく撫でる。少し顔を赤らめて俯き、上目遣いで見つめてくるクロエの破壊力ったら、きっと王都の城壁すら軽くぶっ飛ばすだろう。個人に耐えられるレベルじゃない。きっと今のオレの顔はでれでれに蕩(とろ)けてしまっていることだろう。

おじさんがでれでれしたところでかわいくないのは百も承知だが、今だけは見逃してほしい。

「そ、それでね、叔父さん」

気持ちよさそうに撫でられていたクロエが、ハッと何かに気が付いたようにオレの手から離れた。

空を切る手が無性に寂しい……。

「これから叔父さんがパーティに入ることについて話したいんだけど、いいかな？」

「そうさな……」

今のオレは、クロエのパーティに入ることが正式に決定したわけではない。これからパーティメンバーになる少女たちに了解を貰わなくてはならない身だ。

「貴方が私たちのパーティに……？」

「んー……？」

「アベるん、パーティに入るの!?」

初耳だろうイザベルとリディが、首を傾げている。ジゼルは、なぜか目をキラキラさせてオレを見ていた。

一応、エレオノールの了解を貰ったが、オレはあとこの三人を説得しなければならんのだな。クロエの身を護るためにも、是が非でも説得しなければならない。

だが、その前に……。

「その前に、まずは移動だな。ゴブリンの後続が現れるかもしれねぇ。とりあえず、王都の中に入るぞ」

第三章　自己紹介と報告

オレたちは東門から王都の中に戻ってきていた。東門前の広場は、所狭しと屋台や露店が並び、人も馬車も大いに行き交っている。むあっと熱気すら感じるほど賑わっていた。

「ここじゃなんだ。ちょっと奥に入るぞ」

オレは、周囲の人の声に負けないように大声でクロエたちに言う。クロエたちが頷くのを確認すると、オレたちは騒音を避けるように大通りから小道に入っていった。

辿り着いたのは、井戸のある広場みたいな所だった。井戸の周りには、近所の奥様方がペチャクチャ世間話をしながら洗い物やら洗濯に精を出しているのが見える。朝食も終わって、朝の仕事前のお片付けってとこかな。

ここなら、声が掻き消されることもないだろう。

「で、だ」

オレは、柄にもなく緊張していた。オレにとって、若い女の子ってのは理解が難しい生き物だ。何が原因で嫌われるかわかったもんじゃない。どういう態度で接するのが正解か、まったくわからない。

四人の少女たちの視線を真っ向から受け止める。ふむ。見たところ嫌悪の情を浮かべている奴はいないようだが……さて、これからどうなるか……。

「えっと、改めて紹介するわね。こっちが、あたしの叔父さんのアベル叔父さん。で、こっちがあたしたちのパーティ『五花の夢』のメンバーよ」

クロエがクルリとオレの方を向いて、腕を広げてみせる。まるで大事な宝物を紹介するような、誇らしさがその笑顔から見て取れた。いい笑顔だな。このクロエの笑顔が曇ることのないように。オレはそう願わずにはいられなかった。

「……クロエから聞いてるかもしれねぇが、オレがクロエの叔父のアベルだ。〝さん〟付けなんて変に畏まったりせずにアベルって呼んでくれ」

オレは、少し考えたがいつも通りの調子でいくことにした。変に猫かぶっても、いつかボロが出るだろうからな。一緒に命の危険があるダンジョンに潜ることになるんだ。格好つけてる余裕なんてない。

「よろしくお願いしますねぇ、アベル」

「よろしくね、アベるん！」

既に自己紹介を済ませたエレオノールと、笑顔を浮かべてジゼルがオレに手を振る。オレは、軽く手を挙げて二人に応えた。

「改めて、私はイザベルよ。貴方があの〝育て屋〟アベルね。よろしくお願いするわ」

「ほぅ」

どうやらイザベルはオレのことを知っていたらしい。オレの二つ名まで知っているのだから、他にもいろいろと知っているのだろう。

尻を隠すほどある黒いロングヘアー。丁寧に梳かしたのだろう。その長い黒髪は真っすぐと伸び、ツヤツヤに輝いている。同色の綺麗に整えられた眉の下には、不思議な瞳があった。

「精霊眼か……」

「ッ!?」

オレの呟きに、イザベルが驚いたようにビクリと大袈裟に反応する。その大きく見開かれた黒い瞳は、まるで油膜を張ったように虹色に輝いて見えた。

【精霊眼】とは、本来、人の目には映らないはずの精霊の姿が、その瞳に映るようになる特別なギフトの名だ。

極稀にエルフやドワーフなど、精霊と共に暮らす種族に与えられるギフトのはずだが……。なんの間違いか、人間のイザベルにも与えられたようだ。もしかしたら、歴史上初めてのことかもしれない。

ん？　イザベルは人間だよな？　もしかすると、ハーフという可能性もあるか？

一度イザベルを頭のてっぺんから足のつま先までよくよく観察する。

キラリと輝く輪を浮かべる黒髪の下にあるのは、エルフと見紛うばかりの端正に整った顔立ち。耳は尖ってないが……エルフとのハーフか？　しかし……胸を見ると、薄汚れた布地がエレオノールほどではないが大きく膨らんでいるのがわかる。

エルフの女は、貧乳と呼ぶより無乳と呼んだ方が正しいほど胸がない。ハーフエルフでもその特徴は変わらず、純血のエルフよりはあるが、よく発育してやっと貧乳と呼べる程度だ。これほど大きな胸のハーフエルフは見たことがない。

となると、ハーフドワーフか？　しかし、イザベルの身長は人間の女の平均くらいある。ハーフドワーフでは無理があるほどイザベルの身長は高い。ボロの靴を見る限り、盛ってるわけじゃなさそうだ。

となると、やっぱりハーフエルフだろうか？　しかし、それだと胸の大きさが矛盾する。

じゃあ人間かとなると、歴史上初めての【精霊眼】のギフトを賜った人間ということになるが……そんな人間に出会うなんてどんな確率だよ。まだ胸が異常発達したハーフエルフという可能性の方が高いだろう。その可能性も随分と低いが……。

その時、オレの脳裏で何かがつながったような感じがした。まさか、盛ってるんじゃないだろうな……？

イザベルの大きな胸さえなければ、ハーフエルフということで納得できるんだ。もし、その胸が偽装されたものだとしたら？

エルフの胸はまったくない。無乳だ。実はハーフエルフであるイザベルも、胸の小ささに劣等感を抱いていたのでは？

そして、その劣等感が爆発し、胸を巨乳に偽装しているとしたらどうだ？

ありえるな……。

少なくとも、歴史上初めての人間や胸が異常発達したエルフに出会う確率よりよほど高い。

これしかないな。

オレは確信を込めてイザベルに問う。

「その胸は詰め物だな？」

「助けてもらった身でこういうことはあまり言いたくないけど……人のことジロジロと見ておいて、開口一番それってどうなのかしら？」

イザベルが憤怒も生ぬるいとばかりにオレを怖い顔で睨んでいた。

「アベル叔父さん……」

クロエの悲しげな声が耳に届き、オレはようやく正気を取り戻す。

何やってるんだ、オレは？　相手は成人したばかりの十五の小娘だぞ？　それでなくても、これから命を預け合うことになるかもしれない初対面の女の子だ。当然、配慮は必要だろう。それなのに、なぜオレは女の胸なんて初対面で失礼過ぎる質問をしちまったんだ。

オレの口が滑るのはよくあることだが、さすがに今回のはヤバい。クロエも見ているというのに、なんたる失態。

「いや、その……なんだ……」

上手く言葉が紡げず、意味もない呟きがオレの口からこぼれ出る。そんなオレを見るイザベルの目は厳しい。なんだか寒気すら感じてゾクリとくるほどだ。

「あぁー……悪かったな。いきなり、変な話しちまって……」

「それで？」

イザベルの感情のない冷たい言葉がオレの心を抉る。これ絶対根に持ってるぞ……。

だが、考えてみれば至極当然なことなのかもしれない。相手はかなりの確率でハーフエルフの少女だ。ただでさえ年頃で繊細な話題なのに、相手は自分の胸を偽装するほどコンプレックスを持っていると思われる。二つの意味で敏感な話題のはずだ。

ハーフエルフは、エルフよりも人間に近い価値観を持つと言われている。ならばイザベルにとって、胸の話題は禁忌（きんき）のはずだ。

そして、初対面の異性に自分が胸を盛っていることがバレたとなれば……。憤死したとしても不思議ではない。

現に怒りで誤魔化そうとしているが、イザベルの顔には今すぐにでものた打ち回りたいほどの羞恥の色が……まったく浮かんでいないな？　なぜだ？

「あっ……」

イザベルの顔を見ていて、オレはもう一つの大事な要素を忘れていることに気が付いた。

「今度は何よ？」

相変わらずの冷たい真顔で、体の芯から凍えるような声を放つイザベル。そのイザベルの顔の横にあるべき物がない。

「イザベルお前、耳はどうしたんだよ……？」

イザベルの耳元は、その射干玉（ぬばたま）のような輝く黒髪によって隠れて見えない。しかし、エルフなら、たとえハーフエルフだとしても、耳が髪を割って飛び出ているはずだ。それなのに、イザベルの耳は髪に隠れて見えない。どういうことだ？

「耳？　耳がどうしたっていうのよ？」

寒ささえ感じる冷たい表情は相変わらずだが、イザベルが右手で髪を掻き上げて耳の後ろに引っかけてみせる。露わになったイザベルの耳は……エルフのような尖った耳ではなく、丸い曲線を描く人間の耳だった。マジか……。

オレはここに至って、ようやく自分の間違いを認めた。認めざるをえなかった。まさか、イザベルが本当に人間だったとは……。

イザベルが人間だとすると、今までのオレの発言ってただのセクハラなのでは？

いや、まず初対面の女の子にいきなり胸の話を振る時点で、どう言い繕ったってダメなんだよなぁ……。

しかも、相手はクロエのお友達にして、同じ冒険者パーティのメンバーだ。オレとも命を預け合う関係になるかもしれない。そんな相手との関係に、変なシコリなど残したくない。

許してくれるかはわからないが、イザベルに誠心誠意謝ろう。どう考えても十割オレが悪いもんなぁ……。

「すまなかった！」

オレはイザベルに向けて頭を下げる。相手が自分の半分も生きてないような年下だとか、そんなことは関係ない。自分の非を認め、素直に謝る。

「……」

微(かす)かにイザベルから息をのんだような驚いた気配を感じた。自分の親にも近い年齢の大人が、頭を下げるとは思わなかったのかもしれない。

　年を食うと、いろんな理由でなかなか素直に頭を下げられなくなるからな。オレも所属している
パーティがあったら、こんなに簡単に頭を下げられなかっただろう。自分の評判が落ちるのは構わ
ないが、オレのせいでパーティの皆が下に見られるようになっちまうのは我慢できないし、パー
ティメンバーに申し訳ない。

　まぁ、今のオレはどこにも所属していない根無し草だ。今のオレの頭ほど軽いものはない。

　それに、クロエが見ている前だ。クロエが幼い頃から、自分が悪いことをしたら、きちんと謝り
なさいと言ってきた手前、ここで謝らないという選択肢は、オレにはなかった。

「本当にすまなかった！　あまりにも綺麗だったから、エルフかハーフエルフだと思ったんだ！」

「ッ!?」

　今度こそ、イザベルがハッキリと息をのんだ音が聞こえた。

「叔父さんっ!?」

「あらぁ～」

「ひゅー」

「……ぇ？」

　クロエの悲鳴のような叫びに続いて、なぜかエレオノールとジゼルが楽しそうに声を上げる。な
ぜだ？

「ああ、あ、貴方！　自分が何を言っているかわかってるのっ!?　本気!?」

イザベルが、なぜかうわずったような声を上げて、オレの謝罪の誠意を確認してくる。オレは頭を上げて真っすぐとイザベルの目を見つめた。

「ッ……」

虹色に輝く瞳。その特徴的な瞳が、オレから逃げるように逸らされた。心なしか、イザベルの頬が上気しているような……。パッと見たところ、イザベルは照れているようにも見えるが、そんなわけはないだろう。おそらく、頭に血が上っているのだ。

つまり、オレはまだ許されたわけではない。オレの誠意を確認しようとしたことからも、それは明らかだ。

オレの誠意を見せて、イザベルに許しを請わねば！

「無論、本気だ！」

「「「「「おぉー……！」」」」」

パチパチパチパチパチパチパチパチパチッ！

気が付いたら、井戸の周りで洗濯していた奥様方が、オレを見てどよめいたような歓声を上げていた。拍手までしている奴もいる。広場と言っても、真ん中に井戸があるだけの集合住宅に囲まれた狭い広場だ。耳を澄まさなくてもオレたちの会話なんて丸聞こえだったんだろうが……なんでこんなに注目されてるんだ？

「あんた、やるじゃないか」

おばちゃんと言ってもいいだろう年齢の女が、イイネとばかりにオレに親指を立ててみせる。何言ってるんだ、このおばちゃん？

「ありゃどこの誰と誰だい？」

「一人は冒険者さんみたいだけど、もう一人は……」

「ボロ着てるし、教会の子じゃないかい？」

「そうかもねぇ。でも綺麗な子じゃないか」

「あんなに綺麗なら、どっかの大店（おおだな）の旦那のお妾（めかけ）さんになった方がいいんじゃなぁい？　年も離れてるし、冒険者なんて、いつおっ死（ち）んじまうかわからないし……」

「でも見て。あの冒険者さん、地味な格好だけど仕立ての良い服着てるじゃないか。羽振りがいいんじゃない？」

「迷いどころねぇ……。あのお嬢ちゃんはどうするのかしら？」

「お嬢ちゃん、女は度胸よ！」

　井戸の周りにいる奥様方が、洗濯している手を止めずに、ガヤガヤと勝手に喋っている。その目はオレとイザベルの間を行ったり来たりしていた。オレたちのことを囃（はや）し立てているみたいだが、奥様方の話を聞いていても、まるで話が見えてこない。オレはイザベルに謝罪しているだけなのだが……妾？　羽振り？　どうしてそんな言葉が出てくるんだ？　訳がわからない。

　イザベルも困惑しているのか、困ったような顔で奥様方とオレを交互に見ている。その顔は、だんだんと赤みが増していき、もうこれ以上ないくらい真っ赤だ。よく見ると、目尻に今にも溢れてしまいそうなほど涙が溜まっているのがわかる。

奥様方の噂の標的にされて恥ずかしいのか、それとも泣くほどオレに対して怒りを感じているのか……。判断がつかないな。

イザベルの顔色を窺っていると、ふとその虹の瞳と目が合った。イザベルは目を見開き、これ以上ないと思われていた頬の赤らみをさらに加速させる。その口は何か言葉を紡ごうとして開かれ、しかし言葉にならず、わなわなと震えている。

どれほどイザベルと見つめ合っただろう。先に目を逸らしたのは、イザベルだった。オレの視線から逃れるように、バッと下を向いて俯いてしまう。

イザベルは強気な少女かと思っていたんだが……その姿は、先ほどまでとまるで違う。とてもしおらしい乙女に見えた。もしかすると、今までの強気な態度は虚勢で、これが本来の彼女の姿なのかもしれないな。

「叔父さん……」

頭の中でイザベルの評価を改めていると、地を這うようなクロエの声が聞こえてきた。驚いてイザベルから視線を外しクロエを見ると、まるで曇りガラスのように光のない無機質な黒い瞳と目が合う。喜怒哀楽、情というものが窺えない仮面のような、生気をまるで感じさせない表情。なんだか本能的な恐怖を感じる姿だ。

「クロエ……？」

不安になって呼びかけると、ミシミシと音が聞こえてきそうなほどゆっくりとクロエの表情が変わっていく。眉を寄せて表れるのは、怒と哀の表情だ。クロエは怒り悲しんでいる。

「叔父さんの……ッ！」

一瞬クロエの姿が消えたように見えた。だが違う。クロエが過度な前傾姿勢でこちらに向かって駆けてきて、あっという間にオレとの距離を潰す。

オレはこれでも長年冒険者をやってる身だ。自分の間合いというものを把握しているし、相手の間合いもなんとなくわかる。オレの胸くらいまでしか身長のないクロエだ。腕の長さが違う分、当然オレの間合いの方が広い。

しかし、そのリーチの差を活かす前に、一瞬にしてクロエに距離を詰められてしまった。もうほとんどオレにくっつくような距離だ。ここまで来ると、今度はオレの間合いの広さが逆に仇となる。近過ぎるのだ。

オレには近過ぎて逆に力を発揮できない不自由な距離。しかし、クロエにとっては最高の間合い。仮にも現役の冒険者であるオレの懐に潜り込むとは……ッ！

油断もしていたし、警戒もしていなかった。だが、こうも易々と間合いを潰されると、クロエのことを過小評価していたと認めざるをえない。

クロエは磨けば光るものを持っている。そう確信させるに足る鋭い接近だ。これはクロエの大きな武器になるだろう。オレはクロエの評価を上方修正する。

オレとクロエの距離は、もう密着と表現してもいいほど縮まっている。オレは来る衝撃に備えて、少し体の重心を下げた。転んでは格好悪いからな。しかし、なぜ今クロエはオレの胸に飛び込んでくるんだ？　昔みたいにタックルして抱き付いてくるのだろうか？　だが、なぜ今なんだ？

先ほど見たクロエのガラス玉のような瞳が頭を過る。クロエの情緒がわからない。クロエは何がしたいんだ？

「浮気者ぉおッ！！！」

クロエが、オレにはまったく身に覚えのない言いがかりと共に拳を握るのが見えた。その直後

――ッ！

ドドンッ！

リズミカルに腹の底にまで響く重い衝撃が走る。一発目は腹の中央やや左。正確に肝臓を抉るような一打。二発目は腹の中央みぞおちへの一打。両打とも、狙いすましたように正確に急所を捉えている。

「ぐふぉあっ……」

口から空気と共に意味をなさない言葉が漏れた。自然と体がくの字に折れ、遅れて腹部への衝撃が電気信号となって脳を刺激し、ようやくオレは腹部へのダメージの重篤さを知ることになる。すなわち、痛みだ。

「ぐふっ……」

痛みにはある程度慣れているはずのオレが、堪えきれずに息を漏らし、膝から崩れ落ちるほどの強烈な痛み。今まで味わったことのない種類の痛みだ。体の内側をじりじりと破いていくような痛みと、腹が爆発したんじゃないかと錯覚するような痛み。二種類の痛みがオレを苛む。

地面に膝を突いて、腹を両手で抱えた状態で痛みに耐える。自然と頭が垂れ、まるでクロエに傅

いているかのようだ。

本当なら、痛みに任せて地面を転げ回ってしまいたい。しかし、そんなことをしても意味がないし、クロエたちの前だ。格好悪い姿は見せられない。……膝を突いている時点で相当情けないかもしれないがな。これ以上の醜態はさらせない。

オレは顔を上げて、オレをいきなり殴ってきたクロエを見上げる。膝を突いたオレは、丁度クロエの顔を真正面に捉えた。

クロエは……一瞬だけ心配そうな顔を見せたが、次の瞬間には「ふんっ！」とオレから顔を逸らした。まるで「私は怒っています」と言外に言っているみたいだ。

「いヒィッい……拳、持って……る、じゃ……ねぇか……ヒィッ」

横隔膜が痙攣(けいれん)して、上手く呼吸することができず、まともに言葉が紡げない中、それでもなんとか強がって口を動かす。

いつもは気にもならないチェインメイルのジャラリとした重さが、やけに重たく感じた。

打撃にはあまり耐性がないチェインメイルとはいえ、鎧の上からこれほどダメージを与えられるとは……まったくの想定外だった。全身からぬるりとした脂汗が出て止まらない。

「なんだい、浮気野郎だったのかい」

「お嬢ちゃん気を付けなよ」

「やーねー、男ってのはこれだから……」

オレは浮気なんてしていない。というか、交際している相手すらいない。なのに、なぜ浮気者など言われなくちゃならんのだ。訳がわからない。どうしてこんなことになっちまったんだ？

奥様方の言葉に反論することもできず、オレはただただ痛みが引くのを耐えて待つのだった。

ようやく横隔膜の痙攣が治まったオレは、最後のパーティメンバーであるリディという少女と挨拶を交わした。だが……。

「待たせたな、アベルだ。これからよろしく頼む」

「………」

「リディ、ちゃんと握手なさい」

「……んっ」

リディと呼ばれた少女は、イザベルに促されてやっとオレの手を取った。しかし、その体は半分以上イザベルの後ろに隠れ、まだ心を開いていないことが一目でわかる。その他の女の子と比べても群を抜いて小さな身長から、まるで警戒している小動物を想起させた。

リディ。尻まで届く長いキラキラとした銀髪を持つ少女だ。前髪も目元を隠すほど長い。僅かな前髪の切れ目からは、警戒に満ちた大きな紅の瞳を覗かせていた。

握った手も小さく、下手に握ったら握り潰してしまいそうなほど柔らかい。

本当に成人しているのか疑わしいほど小さな体だ。その小さな体を、白地に青のラインが入ったぶかぶかの教会の修道服が包んでいる。おそらく、丁度いいサイズがなかったんだろう。だが、修道服を着ているということは、リディは神の奇跡の体現者とも呼ばれることもある治癒の奇跡の担い手であることがわかる。

　ギフトが貰えるってことは、本人が成人していることを神が保証しているに等しい。どう見ても成人しているようには見えないが、あまりツッコミを入れると、逆に神を信じていないのかと藪蛇になりかねないか……。

　そんなことを思いながら、オレはリディの手を解放し、握手を終えた。すると、リディはサッとイザベルの後ろに隠れてしまう。これにはオレも苦笑いしか出ない。

「リディ、それでは失礼でしょう？　ちゃんとしなさい」

「ゃー……」

　イザベルが窘めてもリディは姿を見せなかった。

「ごめんなさいね」

「いや、いいさ。今日初めて会ったばかりだからな。それですぐに信頼しろなんて難しいことはわかってる。まぁ、ぼちぼちやっていくさ」

　リディの代わりに謝るイザベルに手を振って返す。

　いつか、オレにも心を開いてくれるといいんだが……。

「それで、だが……」

　オレは、クロエのパーティメンバーをぐるりと見渡す。クロエ、ジゼル、エレオノール、イザベル、リディ。この五人が冒険者パーティ『五花の夢』のメンバーであり、今後オレと活動を共にするメンバーになる。

クロエはオレと目が合うと「ふんっ！」と怒って顔を逸らすし、リディはイザベルの後ろに隠れたままだ。正直、こんなことで大丈夫かと不安になる。

だが、クロエを護るためにも、なんとしてもこの少女たちに認められなくては……。

「オレは七人目だろうと構わねぇ。オレをパーティに入れてくれないか？」

オレはギフトの成長もしてるし、ある程度の貯えもある。無報酬でもいい。オレの目的は、あくまでもクロエを護ることだ。それ以外は極論、必要ない。

「七人目なんてダメよ！　アベル叔父さんがあたしたちのパーティに入ってくれるって言ったんじゃない。丁度一人分空いてるんだから、素直に入れればいいじゃない！」

オレの言葉に、クロエが猛反発する。どうしてもオレをパーティに入れたいらしい。だが、クロエにとって、オレは血縁もある信用できる人物かもしれないが、他のメンバーにとっては、突然やってきた赤の他人だ。信用もクソもないだろう。

「クロエはこう言ってるが、他の奴らはどうだ？　遠慮しないで言ってくれ」

「そうですわねぇ」

オレの言葉に、エレオノールがおっとりと頬に手を当てて首を傾げる。そんな動作もよく似合う上品さがエレオノールにはあった。

「イザベル、貴女（あなた）の考えを教えてください」

エレオノールに話を向けられたイザベルが口を開く。

「そうね。アベルの言うように、アベルをパーティに入れずに七人目と扱うというのも十分魅力的

「……」

「ちょっとイザベル！　なんてこと言うのよ！」

イザベルの話の途中で、クロエが噛み付くようにイザベルの言葉を遮った。オレをパーティに入れたいクロエには、受け入れがたい話だったようだ。まぁ、自分の叔父がただの荷物持ちみたいな扱いをされれば怒って当然なのかもしれない。

クロエの気持ちは嬉しいが、今はイザベルの話を聞くべきだろう。オレはただの荷物持ちでも別にいいしな。クロエの近くにいて、護れるならどんな条件でものむつもりだ。

「クロエ、大事な話なんだ。お前の気持ちは嬉しいが、自分の気に入らない話でもちゃんと聞け」

「話はまだ途中よ。ちゃんと最後まで聞いてから反論なさい」

「二人で言わなくてもいいじゃない……」

オレとイザベルから同時に窘められ、クロエは拗ねたように頬を膨らませた。小さい頃から変わらないな。本来なら叱るべきところだが、そんなクロエの姿がかわいらしく思えて、オレはついつい目を細めてしまった。やれやれ、オレも相当な親バカならぬ叔父バカらしい。

「続きいいかしら？　パーティメンバーにもう一人加えることもできるし、確かにアベルを七人目として扱うのも大きなメリットがあるわ」

オレはイザベルの言葉に頷いて同意を示す。オレを七人目として扱う場合、六人が上限であるパーティの枠が一つ余る。その枠にもう一人パーティメンバーを加えるというのは、かなり魅力的なはずだ。

オレはポーターと呼ばれる荷物持ち。正直、低レベルダンジョンならまだしも、高レベルダンジョンの戦闘に役立てるほどの戦闘力はない。できるのは、仲間の荷物を持つことぐらいだ。そして、それはオレをパーティに入れようが、七人目として扱おうが変わらない。

ならば、戦力になりそうな戦闘系のギフト持ちをパーティに加えた方がいいだろう。

ギフトってのは、不可能を可能にするほどの強力な力だ。戦闘系のギフトを持っているか否かで、戦闘力はかなり違ってくる。

「でも、私はそれらメリットよりもデメリットの方がはるかに大きいと考えるわ」

「デメリット？」

そんなものがあるのか？

オレはイザベルの言葉に納得がいかず、疑問の声を上げた。周りを見ると、イザベルの言うデメリットが思い浮かばないのか、ジゼルもエレオノールも疑問を覚えたような難しい顔をしている。クロエは話の流れが変わったことに嬉しそうな表情を浮かべていた。ちなみに、リディはまだイザベルの後ろに隠れたままだ。

「とても大きなデメリットよ。それこそ、私たちの冒険者生命を絶たれかねない……ね」

そんな大きな問題なら、気付きそうなものだが……まったく思い浮かばなかった。

「それはどういうことでしょう？」

エレオノールの問いに、イザベルが頷いて口を開く。その虹色の瞳は、真っすぐにオレを見ていた。

「アベル、貴方はたぶん一つ勘違いをしているわ」

「あん？」

オレが勘違い？　どういうことだ？

「貴方の名声は、貴方が思っている以上に高いということよ」

「……は？」

オレは、イザベルの言葉に、再度疑問の声を上げる。オレの名声だと？　おかしなこと言いやがる。

「自分で言うのもアレだが、オレは三度もパーティを追放されるような【収納】しか能のない奴だぜ？　オレに名声なんてあるわけがねぇ」

だが、イザベルは緩く首を横に振ってオレの言葉を否定する。

「それは大きな間違いよ。貴方の所属していた冒険者パーティは、どれもレベル6以上のダンジョンを攻略していることがその証明。冒険者の大多数がレベル3以下でくすぶっているというのに、貴方が所属したパーティは、全てレベル6まで上がったわ。貴方には人を導く才能があるのよ」

今度は、オレが首を横に振ってイザベルの言葉を否定する。

「それこそ大きな間違いだ。オレのことを過大評価している。パーティの実力ってやつは、実力者が一人パーティに入ったからって劇的に上がるようなもんじゃねぇ。ましてや、オレは戦闘じゃなんの役にも立たないただのポーターだぜ？　オレがパーティに入ったところで、何も変わらねぇよ」

認めるのは癪だが、ブランディーヌたち『切り裂く闇』をはじめ、オレをパーティから追放した冒険者パーティは、相応の実力を持っていた。レベル6以上に至ったのは、彼らの実力があったからだ。オレは少しのアドバイスをしただけ。オレにできるのはそれくらいだ。

「いいえ。この場合、貴方が自分のことをどう評価していようが関係ないのよ」

「あん？」

よくわからねぇな。イザベルは何が言いたいんだ？

「つまり、どういうことでしょう？」

エレオノールもイザベルの話が見えないのか、小首を傾げている。

「大事なのは、周囲の評価なのよ。この冒険者の聖地とまで呼ばれる王都でも三人しかいないレベル8認定冒険者〝育て屋〟のアベルさん？」

「うそっ⁉　レベル8っ⁉」

「高名な方とはイザベルから聞いていましたが……まさか、それほどとは……」

「すごぃ……」

イザベルの言葉に、ジゼルも、エレオノールも、ひょっこりと顔を出したリディも驚愕の表情を浮かべる。どうやら、知らなかったみたいだ。

「すごいでしょっ！」

そして、なぜかクロエが我がことのように腰に手を当て、胸を張って誇らしげな表情を浮かべていた。

「確かに、オレの認定冒険者レベルは8だが……」

自分でもなぜそうなったのか理解ができないが、オレの冒険者としてのレベルは8もある。イザベルの言うように、レベル8ってのはかなり高いレベルで、かつ希少だ。だが……。

「オレはそんなスゲー奴じゃない。同じレベル8の〝雷導〟や〝悪食〟の奴を見てみろ。アイツらなんてレベル8ダンジョンを単独で攻略できるような化け物だぜ？　オレがそんな奴らと同じレベルなんて何かの間違いだ」

当然だが、オレにそんな力はない。オレが単独で攻略できるダンジョンなんて、せいぜいレベル2くらいだろう。まったく、なんでこんなことになっているんだか……。

「確かに、〝雷導〟や〝悪食〟は圧倒的な強さというわかりやすいレベル8だとは思うけど、貴方もそれに匹敵する力を持っていると冒険者ギルドは認めているのよ。冒険者の育成能力という貴方の特異な力をね」

「オレのギフトはただの【収納】だ。オレにそんな特殊な力なんてない」

オレはイザベルの言葉を否定する。しかし、イザベルの虹の視線は、真っすぐにオレを見て離さない。

「冒険者の認定レベルというのは、確かに個人の強さも重要だけど、どれだけ冒険者ギルドに貢献したかというのも大きな指標なの。どうして貴方がそこまで卑屈なのかはわからないけど、冒険者ギルドは、周囲の冒険者は貴方を認めているのよ？」

「まさか……」

オレは肩をすくめてイザベルに応える。

イザベルにここまで言われても、オレは自分のことをレベル8に認定されるような冒険者とは思えなかったし、周囲がそこまでオレを評価しているとも思えなかった。

オレは、マジックバッグに性能で劣るようなギフトしか持っていないただのポーターだ。これまで三度も所属していたパーティから追放されるような間抜け。皆、【収納】のギフトが便利だからオレを持て囃すが、オレよりも性能が良いマジックバッグを手に入れたら、手のひらを返したようにオレを捨てる。

答えはもう三度も出ているのだ。

「こちらがイライラしてくるほど自虐的ね」

イザベルはそう吐き捨てると、落ち着くためにか目を閉じて深呼吸をした。そして、見開いた虹の瞳は、再びオレを射抜く。

「いいでしょう。別の切り口からいくわ。私たちは、まだレベル2ダンジョンを攻略したばかりの未熟な冒険者パーティでしかないの。そんな駆け出しのパーティが、レベル8の冒険者を七人目としてこき使ってたら、印象最悪だとは思わないかしら？」

「ふむ……」

今度のイザベルの言葉には頷ける部分があった。

「だが、他でもないオレ自身が七人目でもいいと言ってるんだ。ならいいだろう？」

「どうしてそこまで貴方が七人目にこだわるのかわからないけど、これは貴方個人の問題ではなくて、周囲に与える影響が問題なのよ。高レベルの冒険者は、他の冒険者や王都に住む人々にとって、一種のアイドルのような存在なのよ。そんな貴方を蔑ろにするようなマネをしたら、私たちが貴方のファンから誹謗中傷を受けるわ。だから、貴方は六人目としてパーティに入るべきなの」

「オレにファンなんていないだろ？」

こんな無精ヒゲを生やした冴えないおっさんがアイドルなんて冗談だろ。

「貴方は、自分を卑下し過ぎて自分を客観視できていないわ」

そう力強く断言するイザベル。

未熟な子どもじゃないんだ。自身の客観視ぐらいできていると思うが……。

「これ以上は私から言っても無駄ね。後は、他の冒険者や冒険者ギルドの人間に確認するといいわ」

オレが納得いっていないのを察したのだろう。イザベルはため息と共に疲れたように話を終わりにした。その様子は、なんだか聞き分けのない子どもを相手にした母親のようだった。

「オレが客観視できていないねぇ……」

「安いよ、安いよ！　さぁさ、買ってってちょうだい！　どうだいそこのお兄さん！」

オレのこぼした言葉は、騒がしい王都の大通りで誰にも届かず掻き消された。

思い返すのは、イザベルの言葉だ。自分の半分も生きていないような若輩者の言葉だが、妙に胸に刺さったままだ。若い女の言葉が胸を打つなんて、まるで恋の始まりのような甘酸っぱい雰囲気が漂うな。だが、オレの胸中にあるのは、そんな明るい調子のものじゃない。言葉じゃ言い表せないようなモヤモヤしたものだ。

あの後、話はイザベルを中心に回った。

イザベルはオレをパーティに入れるメリット、オレを七人目と扱うことのデメリットを説き、クロエ、エレオノール、ジゼル、リディから承諾を引き出してみせた。弁の立つ奴だ。

もっとも、真面目にイザベルの話を聞いていたのはエレオノールくらいだがな。クロエは最初からオレがパーティに入るのに賛成だし、ジゼルは最初からどっちでも良さそうに適当にイザベルの話を聞き流していた。問題のリディは不満そうな顔を見せたが、最終的にイザベルの言葉に頷いた。エレオノールもイザベルを信用しているのか、イザベルの言葉に賛同した。

こうしてオレは、晴れて冒険者パーティ『五花の夢』の一員になったわけだが……。オレとしては、最良の結果が得られて万々歳と言えるだろう。しかし、予想外のこともあった。

「はぁ？　オレがパーティのリーダー？」

イザベルに告げられたその言葉は、とても意外なものだった。パーティメンバーからオレのパーティ入りの許可を引き出したイザベルは、そのままオレをパーティのリーダーに推したのだ。

「その通りよ。そんなに驚くことでもないでしょ？　貴方が一番経験豊富じゃない。貴方こそパーティのリーダーに相応(ふさわ)しいわ」

ただでさえ女の子ばかりのパーティーにお邪魔する形のオレだ。イザベルはこう言うが、オレがリーダーになるなんて他の子には認められないだろう。そう思ったのだが……。

「いいじゃない！　あたしは賛成よっ！」

「そうですねぇ。よろしいのではなくて？」

「あーしもそれでいいよー」

「………」

クロエが真っ先に賛成し、エレオノールもそれに続く。ジゼルも賛同し、残るリディは沈黙。賛成四の沈黙一か。

「いいのか、そんな簡単にリーダーを譲っちまって？　というか、今のリーダー誰だよ？」

「はーい！　あたし、あたし！」

オレの問いに、クロエが元気よく手を挙げる。クロエがリーダーだったのか。クロエならオレへの信頼もあるだろうから、オレにリーダーを譲渡しようとするのもわかる。だが……。

「他の奴は本当にそれでいいのか？　お前たちのパーティだろう？　こんなポッと出の奴に自分たちの運命、命を預けられるか？」

パーティのリーダーは、時に命の選択を迫られることもある。多数を生かすために、少数を犠牲にせざるをえないこともあるだろう。その時、オレの決定に従うことができるか。多数派は少数派を見捨てることを良しとし、少数派は仲間のためにその身を犠牲にできるか。

パーティのリーダーには、仲間にそれを許容させるだけのカリスマが必要だ。

残念ながら、オレにはそんなものはない。戦闘では役にも立たないポーターのオレだ。冒険者は、個人の強さを最上のものとして尊ぶ気風がある。大した戦闘力を持たないオレは、一段下に見られることが多い。そんなオレが、そんな大事なことを決定するのは納得されないだろう。

〝命〟という重い言葉が出たからか、クロエたちは沈黙した。

「パーティのリーダーは、自分の命を預けられる、信頼できる奴にした方がいい。そうじゃないと後悔するぞ？　元々お前たちのパーティなんだろ？　だったら、お前たちの誰かがリーダーをやった方がいい。オレは助言だけさせてもらう」

「それではダメなのよ」

オレの言葉を否定する奴がいる。イザベルだ。オレはイザベルがパーティリーダーになるのが丸く収まると思うのだがな……。

「何がダメなんだ？」

「そんな二頭体制では、余計な混乱を生むだけよ。意思決定者は一人でいいわ」

「意思決定をするのは、あくまでリーダーだ。オレは助言をするだけで……」

「それがダメなのよ」

イザベルがオレの言葉を遮って口を開く。いったい何がダメだってんだ？

「貴方、昨日パーティを追放されたでしょ？　その時、私もその場にいたのよ」

イザベルの言葉に、胸が締め付けられるような気持ちがした。みっともないところを見られちまったな……。

「あの時、リーダーのブランディーヌが言っていたでしょ？　いつもわたくしと反対のことを言うって。貴方としては、間違った選択を正しただけでしょうけど、ブランディーヌにとっては、毎回自分の決定を否定してくる貴方は疎ましいだけの存在だわ。それはあれだけ不満も溜まるわよ」

イザベルが少し呆れたように言う。ブランディーヌの不満か……。ブランディーヌがオレに追放を告げた時のやけに晴れやかな顔が頭を過った。

「私たちの中で、一番冒険者に精通しているのは貴方よ。貴方がパーティのリーダーになるべきだわ。それなら余計な不満が溜まることも防げるし、貴方の知恵を存分に活用できるのよ。逆に貴方以外がリーダーになったら、いちいち貴方の助言に耳を傾けなくてはいけないの。そんなの非効率だわ」

「あぁ……」

効率非効率で論ずるならば、確かにオレがリーダーになった方が効率的だ。いちいち助言する手間が省けるからな。しかし……。

「お前たちの意思はどうするんだ？　お前たちにも〝こうしたい、ああしたい〟っていう思いはあるだろう？　元々お前たちのパーティなんだ。自分たちのしたいことがあるんじゃないか？」

「それは、貴方に私たちの意見を聞く耳があればいいことでしょ？」

「そりゃ……そうだが……」

そう言われるとそうなんだが……。本当にオレがリーダーになってもいいのか？

その後、イザベルに丸め込まれる形で、結局オレはパーティのリーダーを引き受けてしまった。

本当にこれで良かったのか、今でも少し心がざわつく。クロエたちも賛成してくれたとはいえ、なんだか子どものおもちゃを奪ってしまったような謎の罪悪感を感じる。

「オレがリーダーねぇ……」

思えば、今回で四つ目となる所属パーティだが、オレ自身がリーダーをするのは初めてのことだ。

オレにパーティのリーダーなんて務まるのかねぇ……。柄にもなく、ちょっと不安だ。

しかし、クロエを護るという観点から見れば、オレ自身がリーダーとなるのは歓迎すべきことだ。

若い奴は自分の力を過信する傾向があるからな。その点をただの助言者としてではなく、パーティのリーダーとして諫められるのはありがたい。

「しかし、イザベルか……」

今回の話し合いは、ほとんどイザベルが回していた。その終着点もイザベルの希望通りのものだ。論の立つ子だったな。頭の良さを感じた。たぶん、オレよりも頭の回転はいいだろう。オレとしては、イザベルにリーダーを任せて、オレが助言すればいいかと思ったんだが……その考えは、イザベルに否定されてしまった。

二頭体制の弊害。オレにそんなつもりはなかったんだが、確かに自分の意見にいちいちケチをつけられたら嫌になるだろう。かといって、パーティが間違った選択をしようとしている時に口を噤(つぐ)むことなどオレにはできない。

イザベルの言葉を聞いて、なぜオレがパーティから追放されるのか、その片鱗(へんりん)が見えた気がした。

今までマジックバッグばかりに目が行っていたが、この気付きは、値千金(あたいせんきん)の価値があるだろう。

イザベルに借りができたと言ってもいいかもしれないな。

昨日から借りが増えてばかりだ。冒険者というのは貸し借りにうるさいからな。早めに返しておきたいところだな。

「リーダーねぇ……」

自分には似合わないという思いが強いからか、気付けばまたこぼしていた。

「面倒事にならなきゃいいが……」

まぁ、若い女の子たちの集団に、オレみたいな〝おじさん〟が入るんだ。どこからどう見ても異物でしかないだろう。年も離れているし、男と女だ。嗜好（しこう）も考え方も、何もかもが違う。きっと衝突やすれ違いもあるだろう。

今まで面倒見てきたの男が大半のパーティだったからなぁ……勝手がわからん。

ダメだ。弱気になるな。もう一度誓いを思い出せ！

クロエを含め、パーティメンバーの全員に嫌われることなど覚悟の上だ。クロエたちが無事ならそれでいい。万々歳だ。今までのように、途中で切り捨てられても構わん。絶対に護り通す！

決意も新たに大通りを歩いていると、やけに陽気な笑い声と、プライドがぶつかり合うような喧騒（けんそう）が混然となって聞こえてくる。目的地が近い。ここ賑やかな王都の大通りにあっても一際騒々しい建物だ。

歴史を感じさせる石造りの武骨（ぶこつ）な建物。まるで貴族の屋敷みたいに正面に飾られた紋章には、カイトシールドをバックに剣と杖が交差している。王都では知らぬ者はいないだろう冒険者ギルドの紋章だ。

「着いたぞ。迷子になってる奴はいねぇよな？」

「うんっ！　大丈夫！」

オレが後ろを確認すると、クロエをはじめ、『五花の夢』のメンバーが揃っていた。これから冒険者ギルドにゴブリンの発見を報告するため、証人として付いてきてもらったのだ。

クロエたちの姿を確認したオレは、紋章の真下に位置する木製のスイングドアを押して、冒険者ギルドの中に入った。

冒険者ギルドは昼から大いに賑わっていた。右手にあるはずの受付カウンターは、多くの冒険者が列を成して見えないほど。左手にある食堂にも多くの冒険者の姿が見える。中には席が取れなかったのか、床に座り込んで祝杯を挙げてる連中もいたほどだ。

「おい、あれ……」

「アイツは……」

「あれが……」

さっきまで外にまで声が溢れるほど賑わっていたのに、オレの顔を見るなり、まるで水を打ったかのように沈黙が広がっていく。なんというか、よそよそしいというか、まるで腫れ物のような扱いだな。おそらく、オレが昨日パーティを追放されたのを知っているのだろう。まったく、嫌な情報はすぐ回りやがる。

しかも、最悪なことにアイツらまでいやがるようだ。完全にタイミングをミスったな。アイツら、『切り裂く闇』の連中もオレの登場に気が付いたようだ。

「あらあらあら！　誰かと思えば、寄生するしか能のないアベルじゃありませんか！」

ブランディーヌが先陣を切ってオレに近づいてくる。お互いにスルーすりゃいいのに、わざわざ絡んできやがった。最悪だ。

オレ一人の時なら、どうってことはないが、今は後ろにクロエたちがいる。クロエたちからすりゃ、『切り裂く闇』は冒険者の先達（せんだつ）で格上だ。下手に無視もできない厄介な奴らに絡まれちまったな……。

しかも、それがオレのせいだってのが最悪だ。チクショウメッ！

「クロエ、これで皆にジュースでも奢（おご）ってやれ。叔父さんは、この生意気な奴らと話を付けなくちゃならねぇ」

「え、でも……」

オレは渋るクロエに財布を押し付けて、クロエたちを無理やり押して食堂の方に行かせた。もう遅いかもしれねぇが、直接ブランディーヌたちに絡まれるよりもいいだろう。

オレがクロエたちを逃がすように食堂へと行かせたら、すぐにブランディーヌたちがオレの目の前に陣取った。

「あの小汚い女の子たちは何かしら？　まさか貴方、冒険者を辞めて娼婦（しょうふ）の斡旋（あっせん）でも始めたの？」

「マジかよ。俺様が買ってやるぜ？　いくらだよ？」

ギリッ！

いきなりクロエたちを娼婦呼ばわりする下衆（げす）に怒りが募る。気が付けば、歯が割れてしまいそうなほど強い力で食いしばっていた。

オレは別に娼婦をしている女性に対して偏見や差別意識があるわけじゃない。彼女たちの多くが、望むと望まざるとに拘わらず、娼婦しか道がなかったことも知っているつもりだ。

だが、女性に対して娼婦か問うのは、禁句の一つだ。特に、親族の女性を娼婦呼ばわりするのは、最大級の侮蔑に近い。

叶うことなら、このバカどもを殴ってでも理解させてやりたいところだが、冒険者同士の私闘はご法度だ。それに、もし私闘が許されたとしても、オレ一人じゃコイツらに勝てない。

一対一ならヘヴィークロスボウでなんとかなるかもしれないが、それだけだ。こんな下品な奴らだが、その戦闘能力はオレを凌駕している。オレは初めて人を育てたことを後悔したかもしれねぇ。

「彼女たちは、オレの仲間の冒険者だ。彼女たちへの侮辱は許さん」

オレの声にブランディーヌは目をぱちくりさせると、にちゃりと湿度の高い笑みを浮かべてみせた。

「あらあらあら！　今度はあんな下品な女の子たちに寄生するつもりなのかしらぁ！」

「おいおい、娼婦の方がまだマシな格好してるぜ？」

「女に目でも眩んだのか？」

「そこまで堕ちたか……」

寄生という言葉が、オレを心を深く刺した。寄生か……。自分に戦闘能力はなく、ただ他者の戦闘能力を頼りにダンジョンに潜るオレは、確かに寄生しているのかもしれない。そう思ってしまったのだ。

「……」

言い返す言葉を紡げなくなってしまったオレに、ブランディーヌたちの追撃が入る。

「ふふっ。貴方は勝手に堕ちなさいな。わたくしたちは上に行きますから！　アハハッ！　あんな貧民の少女たちに頼らないとダンジョンに入れないだなんて、貴方、終わってますわ！」

「ケヒヒッ！　失敗したからって俺たちに縋ってくるんじゃねぇぞ。俺たちとお前は、互いに不干渉の約束があるからな」

「これはさすがにひどいな。女に狂って道を踏み外すとか。やはり貴様はクズだ」

「これで己の菲才に気が付いたはず。才無き者は冒険者などさっさと辞めてしまうことだな」

ブランディーヌたちは、オレに言いたいだけ言うと、わざとオレの肩にぶつかって冒険者ギルドを出ていく。

「クソが……」

オレはその背中にそう呟くことしかできなかった。


オレは、クロエたちに寄生しようとしているだけなのだろうか？

そんな問いかけが自分の中でグルグルと巡っていく。

今まで、他人に何を言われても気にもならなかったが、オレがクロエの成長の妨げになる可能性があると知って、オレの心は揺らいでいた。

オレはこのままクロエと共に冒険者をやるべきなのだろうか？

「叔父さん……大丈夫だった……？　アイツら、叔父さんをパーティから追放した奴らでしょ？

今度会ったら、あたしがぶっとばしてやるんだから！　……だから、元気出して……？」

しばらく呆然としていると、いつの間にかクロエたちが不安そうな顔でオレを見上げていた。どうやら心配させてしまったらしい。いかんな。保護者失格だ。

「大丈夫だ。なんでもねぇよ」

オレは努めて笑顔を浮かべてクロエの頭を撫でる。グローブ越しにも感じられるサラサラの黒髪は撫でていて気持ちが良かった。なんだか、クロエの頭に手を置くと安心する。クロエの頭が、撫でるのに丁度いい高さにあるからか？

「でも……叔父さん、寂しそう……」

「ッ……」

オレの体はビクリッと震え、いつの間にかクロエの頭を撫でる手も止まっていた。

寂しそう？　オレが？

「そう見えるか？」

「うん……。あんな奴らに言われたことなんて気にしちゃダメよ」

別に、ブランディーヌたちの言葉が直接刺さったわけじゃない。オレは、クロエに迷惑をかける可能性があることに気付いたから動けなくなっちまっただけだ。

「クロエ、本当にオレをパーティに入れてもいいのか？」

「今さらどうしたのよ!?」

「将来、オレは……クロエの邪魔になるかもしれねぇ……」

驚くクロエに、オレは気が付いたら内心を吐露(とろ)してしまっていた。こんなこと言うつもりはなかったのに。クソッ！　これじゃ格好がつかねぇ。

「いや、忘れて……」

「叔父さんは邪魔じゃない！」

オレの言葉を遮って、クロエが噛み付くように吠える。

「絶対っ！　あたしは叔父さんを邪魔なんて思わない！　何があっても！」

力強く真っすぐ見つめてくるクロエの黒い瞳に嘘はなかった。クロエは本気で言っている。そのことに気が付くと同時に、オレは弱い自分の心を恥じた。まさか、ブランディーヌたちに会っただけで、こんなに自分の心が弱くなるとは……。

「ああ。ありがとよ」

「うんっ！」

クロエの頭を撫でるのを再開すると、クロエが嬉しそうに頷く。

そうだな。このままオレの持てる全てを使ってクロエたちを育て上げて、将来、オレの存在がクロエの邪魔になるなら、その時は改めて自分の進退を考えればいい。ただそれだけのことだ。

その後、イザベルたちとも合流したオレたちは、冒険者ギルドのカウンターへと並んだ。

王都近郊での魔物の発見。相手はゴブリンでそこまで強くなかったとはいえ、報告の義務がある。

「こんにちは。本日はどういったご用件でしょうか？」

「トレイを出してくれ。血で汚れる」

義務的なスマイルを浮かべた若い受付嬢に、オレはトレイを出すように指示を出した。

「わかりました」

オレは何も持っているようには見えないだろうに、受付嬢は素直に金属製のトレイをカウンターテーブルの上に用意する。オレのギフト【収納】は変に有名だからな。この受付嬢も、オレが【収納】のギフト持ちだと知っているのだろう。

オレは収納空間を展開し、麻袋を取り出してトレイの上に置いた。麻袋の下側はドス黒く染まり、鼻が曲がりそうな悪臭を放っている。

「うぐっ……！」

「くっさ！　ヤバいって！　ヤバい臭いって！」

「ひどい臭いですね……」

オレの後ろにいるクロエたちにも臭ったようだ。後ろから文句を言うように臭い臭いと騒いでいる。受付嬢も笑顔の仮面にヒビが入り、眉を寄せて不快感を露わにしていた。

「これは……？」

「ゴブリンの耳だ。王都の東門の近く南側で討伐した。数は八体。ゴブリンの強さはレベル3ってとこだった」

「それは……ッ!?」

受付嬢も事の重大さがわかったのだろう。真剣な表情をしている。

「中身を確認しても？」

「構わない」

受付嬢が麻袋を開くと、濃い血の臭いと悪臭が広がる。

「ゴホッ……失礼しました。確認いたします」

受付嬢は一度むせると、麻袋を広げ、中身を確認する。中に入っていたのは、緑色の三角形の物体が八つ。全てゴブリンの右耳だ。耳の形状はエルフの耳のように三角に尖っているが、ゴブリンの方が幅が広く大きい。

「これは……。詳細を調べるためにお預かりしてもよろしいでしょうか？」

「構わない」

「すぐにギルド長に報告します。もう一度、ゴブリンの発見場所を伺ってもよろしいでしょうか？」

オレは、メモ紙を用意した受付嬢に頷くと、聞き間違いのないようにゆっくりと話す。

「王都の東門を出てすぐの南側に行った所だ。まだ死体もそのままだから、すぐに見つかるだろう。ゴブリンの数は八体。強さは、ダンジョンでいうレベル3ってところだった。手慣れた冒険者なら、不覚を取ることはないだろう」

オレの言葉が間違いなく受付嬢によってメモに書かれていくのを見届け、オレは体を左にズラした。

「一応、証人も連れてきた。オレ一人の証言じゃ何かと不安だろう？」

「ありがとうございます。アベル様の証言でしたら、わたくしどもは信用しております。ですが、せっかくですので確認してもよろしいでしょうか？」

「ああ」

受付嬢がニコリと笑う。まぁ、信用うんぬんはリップサービスだろう。もしくは、冒険者歴が長いから、それだけの信用は稼げたのかもな。

エレオノールやイザベル、ジゼル、リディーをそれぞれ家に送った後、オレはクロエと幸せの綱引きをしていた。

「もー！　叔父さんもご飯食べていけばいいのに！」

「悪いな。この後、ちっと予定があってな」

「もー！　あたしとお母さんだけじゃ、こんなに食べきれないわよ」

「明日の朝にでも食えばいいさ。んじゃ、もう行くぞ」

ぐずってオレの手を離そうとしないクロエに言い聞かせて、なんとか手を離してもらう。まったく、オレとしては嬉しい限りだが、そんなにこんな無精ヒゲのおっさんと一緒にいたいものかね。

世の娘との関係が思わしくない父親連中には悪いが、オレとクロエの仲は、良好だと言ってもいいだろう。

思春期の娘は扱いが難しいと聞いていたし、一時期はクロエに嫌われることさえ覚悟していたが、蓋(ふた)を開けてみれば、なんてことはなかったな。

これもひとえにクロエが心優しい女の子だったからだろう。さすが、ラブリーマイエンジェルクロエだ。優しさが天元突破してやがる。

もしくは、クロエにとっての思春期というやつは、これから訪れるのかもしれないが……。できれば、今のような関係を維持したいものだ。

「じゃあな、クロエ。姉貴にもよろしく言っておいてくれ」

「うん……。じゃあね、叔父さん」

若干の寂しさをにじませたクロエの姿に、罪悪感が湧き上がるのを感じる。しかし、今日はどうしても今日中に片付けたい案件があった。クロエには悪いが、許してもらう他ない。

あぁ……。クロエにあんな悲しそうな顔をさせるなんて、オレはなんて罪深い生き物なんだ……。できることなら、オレだってクロエと共に夕食を取りたい。だが、それは許されないことだ。オレは今から将来のクロエのために働くのだからな。手抜きはもちろん、すっぽかすなんてありえない。

「じゃあな。おやすみ、クロエ」

オレはそれだけ言うと、踵を返してクロエから目を離し、薄暗い王都の裏路地を歩いていく。

「おやすみなさい、叔父さん。ご飯ありがとね」

クロエの声に振り返らず、片手を上げるだけで返して、オレはクロエと別れた。

クロエには、露店で買った夕食を持たせたし、姉貴もちったー楽できるだろう。

クロエと姉貴と共に囲む家族団欒。想像するだけで胸がほかほかと温かくなる。そこにオレの姿がないのが残念でならないが、これもクロエのためだ。耐えよう。

自分にそう言い聞かせて、オレは一路、冒険者ギルドを目指して歩み続ける。

第四章　いろいろ準備

「さて、どうすっかな……」

オレは冒険者ギルドの中をゆっくりと見渡す。これからは情報収集の時間だ。知り合いか情報屋でもいればソイツに聞けばいいんだが……いるか？

「おっ！」

丁度その時、深紅の外套(がいとう)を着た派手な赤髪の男と目が合った。あちらもオレに気が付いていたのだろう。オレと目が合うや否や、赤髪の男がニヤリと笑みを浮かべるのがわかった。

オレは進路を右に、赤髪の男に近づいていく。

「よぉ、オディロン。オレが言えた話じゃないが、ヒゲぐらい剃ったらどうだ？」

「バカ言うなよ。これこそが俺様のアイデンティティだぜ？」

そう言うと、赤髪の男は同色の自慢のヒゲをしごいてみせる。コイツがオディロン。オレと同期の冒険者だ。冒険者認定レベルは6。ドワーフとのハーフで、毛深くて背が低く、オレの胸ぐらいまでしかない。しかし、その体はなんとも厚みのあるものだ。贅肉(ぜいにく)ではない。筋肉だ。ドワーフの血をひくためか、背は低いが筋骨隆々としていて、とてもではないが侮(あなど)ることはできない覇気を感じる男だ。

普通のハーフドワーフってのは、もっと細い体をしているもんだ。しかし、オディロンはドワーフの血に誇りを持っているのか、並のドワーフよりも手足が太くなるほど鍛え抜き、立派なヒゲを蓄えてリボンで結んでいる。もはやハーフドワーフというよりも、でかいドワーフといった感じだ。

ガハハッと景気よく笑っていたオディロンの顔が急に曇る。はて？

「聞いたぜ？　昨日は災難だったな」

「おぅ……」

どうやらオディロンも昨日オレがパーティを追放されたことを知っているらしい。当たり前か。冒険者にとって情報は命だ。あんな大勢の冒険者の前での追放劇など、オディロンほどの冒険者にとって知っていて当然か。

「まぁ縁が切れて良かったんじゃねぇか？　あんな奴らでもレベル6ダンジョンを攻略できると示してみせたお前さんの技量は大したもんだが、あ奴ら程度に〝育て屋〟アベルはもったいないとずっと思っていたところだ」

「オディロン……」

オディロンはまたガハハハッと笑い出し、オレの肩をバシバシと叩く。痛い。オレの能力を買いかぶってるのも相変わらずだな。

オディロンは、オレの能力を実際よりもかなり高く見ている節がある。オディロンに言わせれば、オレはブランディーヌたち『切り裂く闇』にはもったいないほどの人材なのだそうだ。実際はオレがパーティを追放されたというのに、ここまで高く持ち上げられると、なんだかこそばゆい気分だ。

これがまぁ、オディロン流の慰め方なのだろう。なんとも豪快で陽気な奴だ。こんな奴だからこそ、根暗なオレでも友達になれたのだと思う。

「あ奴らだが、お前さんの抜けた穴を埋めようと、人員募集をかけとるようじゃぞ？」

オディロンの話では、ブランディーヌたち『切り裂く闇』は、パーティメンバーを募集しているようだ。レベル6のダンジョンを攻略してみせた高レベル冒険者パーティのメンバー募集だ。大層賑わっているだろう。

「まぁ結果は見えておるがの」

そう言って肩をすくめてみせるオディロン。情報通のオディロンのことだ。誰がメンバーに選ばれるか予想がついているのだろう。さすがだな。

「まぁ、あ奴ら恩知らずのことなど、どうでもいいのだ。思い出すだけで胸くそ悪いからな。しっかし、もう次のパーティを決めとるとはな。さすがの俺様も驚いたぜ」

まぁ今朝電撃的に決まったことだからな。情報通のオディロンでも知らなくても無理はない。

オレはパーティという単語に本来の目的を思い出す。

「実はオディロンに聞きたいことがあってな」

「聞きたいことだと？」

「あぁ、お前のところはたしか、若手冒険者の育成にも力入れてただろ？」

オディロンがリーダーを務めるパーティ『紅蓮(ぐれん)』は、主に若手の冒険者の育成に力を入れている。

普通ならクランでも作ってやることだろうが、オディロンは敢えてクランを作らず、無償で若手冒険者なら誰でも支援しているらしい。クランという枷(かせ)にはめたくないそうだ。

枷なんて言い方したら、クランが悪い組織に思えるな。クランというのは、元々冒険者パーティ同士が寄り添って作る相互援助組織のことだ。

クランに所属すると様々な恩恵が受けられるが、同時に対価も発生する。運営費ということで金を取られたり、自分たちより拙いパーティの教導なんかも課せられるのが一般的だ。

オディロンは、そんな義務的な関係を嫌って、敢えてクランを作らないらしい。なんというか、オディロンらしいというか、漢気溢れるというか……。

そんなオディロンだからか、彼は若手の冒険者からの信望があつい。若手冒険者たちは、受けた恩を返そうとオディロンに格安で自分たちの得た情報を売る。自分たちは無償で若手冒険者の支援をしているくせに、オディロンは無償で情報を貰おうとしないからだそうだ。だから仕方なく格安で情報を売って、恩返ししているらしい。

なんと言えばいいのか、こういう話を聞くと、冒険者もまだまだ捨てたもんじゃないと思えてくるな。

とまぁ、そんな訳でこの目の前の筋骨隆々としたハーフドワーフは冒険者の中でも随一の情報通だ。オディロンに聞けば、最新の若手冒険者たちの動向もわかるだろう。

「情報が欲しいんだ。最新の情報がな」

オレの話を聞いて、オディロンが眉を寄せる。一見、その巌のような顔が不機嫌そうに歪んでいるように見えるが、これがオディロンの考えを纏める時の顔だ。それがわかるオレは、慌てずにオディロンの言葉を待つ。

「俺様に聞くってことは、ひよっこどもの情報か？　お前を手に入れた幸運なパーティは、どうやらひよっこらしいな？」

「ほう……。相変わらず勘がいいな」

オレの言葉に、オディロンがニヤリと笑ってみせる。まったく、相変わらずの勘の良さだな。オレがこぼした僅(わず)かな情報から、オレの所属するパーティが初心者のパーティであると見抜いてみせた。

「惜しいな……」

オディロンが呟くようにこぼす。

「惜しい？」

いったい何が惜しいというのだろう？

「お前さんほどの実力なら、一線級のパーティからも誘いがかかるだろう」

「いや……」

オレは、オディロンの言葉を首を振って否定する。実際に、オレにパーティの勧誘をしたパーティなんていない。まぁ、それが答えなのだろう。オレのようなマジックバッグにも劣るギフトなんて、お呼びじゃないってこった。

「いつも陰に徹するお前さんが、その才能を存分に発揮して華々しく活躍するところも見たかったんだがなぁ……」

「そう言われてもなぁ。いつも言ってるが、オレはそんな大した奴じゃねぇよ」

レベル8という認定レベルがそうさせるのか、オディロンはオレのことを高く評価し過ぎている節がある。まぁ、同じくレベル8に認定されているのが〝雷導〟や〝悪食〟だからな。奴らと同じような活躍を期待しているのかもしれない。

「まぁ、あんたがオレのことを認めてくれるのは嬉しいけどよ。本物の天才ってのは、〝雷導〟や〝悪食〟のことを言うんだろうぜ？」

〝雷導〟や〝悪食〟は、単独でレベル8ダンジョンを制覇した本物のバケモノだ。本物の天才には、凡人は付いていくことすらできない。これは〝雷導〟や〝悪食〟に限った話じゃないが、高名な冒険者ってのはパーティを組まないソロの場合が多い。その圧倒的な実力に、周囲の冒険者が付いていけなくなるからだ。

真の天才にとって、オレたち凡人は単なる足手まといでしかない。

「オレは荷物持ちしか能のねぇ、しがないポーターでしかねぇ。その唯一の長所もマジックバッグにも劣るような奴だぜ？　マジックバッグが手に入るまでのツナギでしか活躍場所がねぇよ」

オディロンがムッとしたように眉を逆立てて口を開く。

「お前さんのその自分を過剰に卑下するクセは好きになれんな。俺様は、お前さんならレベル9ダンジョンの制覇も夢じゃねぇと思ってる」

レベル9ダンジョンの制覇なんて、ここ百年以上ないことだ。レベル8ダンジョンを単独で制覇できる〝雷導〟や〝悪食〟も、レベル9ダンジョンの制覇はできていない。噂では、何度か挑戦しては失敗しているらしい。努力し続けた本物の天才でも突破できない難攻不落の魔境。それがレベル９ダンジョンだ。

そんな所をオレが制覇できるわけがねぇ。だというのに、オレを真っすぐ見つめるオディロンの瞳には、本気の色があった。

『どうして貴方がそこまで自分に対して卑屈なのかはわからないけど、冒険者ギルドは、周囲の冒険者は貴方を認めているのよ？』

不意にイザベルの言葉が頭を過る。まさかな……。オレのことを認めているのは、せいぜいオディロンくらいだろう。

「……それこそ、買いかぶりってやつだ」

「はぁー……」

オレの言葉を聞いて、オディロンは深いため息と共にゆっくりと首を横に振った。

「ふーむ……。俺様の言葉でも、お前さんを本気にすることはできないか……。お前さんが本気になるのは、いったいいつなんだろうな……」

「………」

オレはいつでも生き残るために最善を尽くしているつもりだ。言ってみれば、ダンジョン攻略中は常に本気。手を抜いた覚えなんてない。

「まったくもって惜しい限りだぜ……」

そのはずなんだが、オディロンから見ればオレの本気は本気には見えないらしい。まぁ、戦闘系のギフトを持つオディロンから見れば、戦闘系のギフトを持たないオレの本気なんて、所詮はそんなものなんだろう。まったく、オレも【収納】なんてギフトじゃなくて、戦闘系のギフトが欲しかったよ。ままならんものだな。

まぁ、それでも【収納】のギフトの新たな能力を発見した今は、オレは自分のギフトに少しは期待が持てている。まだ、詳しくは調べていないからなんとも言えんが、できれば、少しは役立つ能力だと嬉しい。

「俺様が言っても仕方ないか。んで？　ひよっこどもの情報だったな。何が欲しいんだ？」

そうだった。最初は、若手冒険者の動向が知りたくてオディロンに声をかけたんだったか。

「そうだな……」

オレは求めていた情報を手に入れるために口を開いた。

「確か、こっちだったな……」

朝早く、オレは王都の大通りから外れた狭い路地を歩いていた。王都の華々しい大通りの気配は消え失せ、煤と鉄が支配する武骨な雰囲気の小道。オレはその奥へと進んでいく。

熱気が籠り、鉄を鍛えるハンマーの音が絶えず聞こえるここは、通称、職人街と呼ばれる王都の一画だ。オレは規則正しく刻まれるハンマーの音を頼りに、区画整理もされていないガタガタの道を歩いていく。

「あった、あった」

オレはお目当ての古びた鍛冶屋を見つけると、ノックもせずにドアを開ける。ノックなんてしても聞こえないしな。ドアを開けた瞬間、鉄を鍛えるハンマーの音が一層高らかに響き、もあっと火傷しそうなほどの熱気を感じた。

鍛冶屋の中は、狭い部屋に、小さなカウンターテーブルが一つあるだけの極めて質素な造りだった。商品が飾ってあるわけでもなく、カウンターテーブルの向こうに、さらに奥へと向かうドアが開け放たれているだけだ。

「おーい！　キール！　おーい！」

オレは大きく声を張り上げながら、カウンターテーブルに置かれた大きなハンドベルをガランゴロン鳴らす。

「ちょっと待っていてくれー！」

開け放たれたドアの向こうから、ハンマーの甲高い打撃音に混ざって聞こえるのは、怒鳴っているというのに、なんとも典雅な響きを持った声だった。

「おう！」

オレは店の店主に知らせが届いたことを知ると、ハンドベルをカウンターテーブルに置き、部屋の隅に置かれた椅子へと腰かける。

「ふぃー……」

大して運動もしていないというのに、椅子に座った瞬間、腰が蕩けそうになるほどだ。

それからしばらくして、カウンターテーブルの奥のドアをくぐって、一人の絶世の美男子が顔を出した。その顔や服は煤まみれに汚れているというのに、彼の美貌は少しも陰りが見えない。相変わらず、ものすごい色男っぷりだな。さすがはエルフだ。

「よお、キール。邪魔してるぜ」

「やはりアベルだったか。今日はどうしたんだ？」

キールはカウンターテーブルの向こうに腰を下ろすと、深い息を吐いていた。鍛冶仕事で疲れているのだろう。オレの目の前にいるキールこそ、世にも珍しい王都でもただ一人のエルフの鍛冶屋だ。ちなみに、昔は一緒にパーティも組んだこともある。昔、命を預け合った仲だからなのか、オレとキールは今でもとても気安い仲だ。

「キールに、ちと頼みたいことがあってな」

「ふむ。また難題ではないと良いのだが……」

そう言って、肩をすくめてみせるキール。コイツは羨（うらや）ましいくらい絵になるな。

オレは、鍛冶屋であるキールに、直接武器や防具を依頼することが多い。間に商会が入ると、その分値段が高くなるし、オレの注文する物は特殊な物が多いのか、冒険者用の商会でも取り扱っていることが少ない。

だから、オレは直接キールに注文しているわけだ。オレ愛用のヘヴィークロスボウを作ってくれたのもキールだし、最近はクロエのメイン武器であるスティレットも作ってもらった。オレのもっとも信頼する職人の一人だ。

冒険者ってのは、己の武器や防具に命を預けるからな。腕のいい鍛冶師や職人は、時に信奉の対象にもなるほどだ。

キールは、ドワーフが大半を占めている名鍛冶師の中でも、エルフながらも高い評価を受けている。以前はあったエルフのクセに鍛冶師をしているという下に見る風潮も、自力で撥ね退けた芯の強い奴だ。仕事も丁寧だし、キールになら、オレは喜んで命を預けられる。

「今日は簡単な仕事だぜ」

オレもキールの真似をして肩をすくめてみせる。

「どうだかな。アベルは時々突拍子もないことを言う」

「へへっ」

オレは鼻の下を擦ると、収納空間からある物を取り出した。

「それは……？」

「今日はコイツを作ってもらいたい」

オレがカウンターテーブルに置いた物、それは、まるで大きく太い杭のようなヘヴィークロスボウの専用ボルトだ。並のボルトの何倍も大きく、オレの親指よりも余裕で太いボルト。さすがにここまで大きなボルトは、商会では売っていない。特注品だ。

そして、このボルトを作ってくれるのがキールだ。キールは弓が得意な種族と言われるエルフだからか、矢の鏃はもちろん、クロスボウのボルトの製作も上手い。真っすぐ狙い通りに飛んでくれるボルトは、大袈裟かもしれないが感動ものである。

「ふむ。ボルトか。以前作ったのをもう消耗したのか？」

クロスボウのボルトは、消耗品だ。オレは定期的にキールの店を訪れては注文している。

ヘヴィークロスボウの威力は強力だからな。その威力故に、ボルトの先端が潰れたり、歪んだりして、ヘタるのが早い。だいたい、二、三回使い回したら、そのボルトはダメになる。

確かにボルトの補充もしたい。だが、今回はそれだけじゃない。

「それもあるが、今回はボルトが大量に欲しい。それこそ、千は欲しいくらいだ」

オレの言葉に、キールが僅かに目を瞠って驚きを示す。

「千ときたか。アベルのギフトは優秀だが、ボルトも千発となると、かなり場所を取るぞ？　ギフトが成長して、収納できる容量が増えでもしたのか？」

オレは、少し考えると、キールに真実を話すことに決めた。命を預けると決めた相手だ。そんな相手に隠しごとなんて今さらだろう。キールはお喋りというわけじゃないしな。

「ギフトが成長したのは正解だが、容量が増えたわけじゃねぇ。新しいスキルを見つけたんだ」

「何っ⁉　それは本当か⁉」

キールが、今度はカウンターテーブルに身を乗り出すようにして、驚きを示す。キールが驚くのも無理はないくらい、新たなスキルを発見するのは稀なことなのだ。ギフトを貰いたての新成人ならともかく、オレみたいなおっさんが今さら新たな能力を発見するのは、特に稀である。

「どういったスキルなんだ⁉　実戦では使えるのか⁉」

「まぁまぁ、落ち着けよ」

新たなスキルを発見した当事者であるオレよりも、キールの方が興奮していた。それだけ、オレのことを気にかけてくれているということだろう。

「実戦では使えるな。むしろ、オレの弱点を大いに補ってくれる可能性がある。まだまだ検証不足だがな」

「そうか！」

キールが満面の笑みを浮かべてオレを見ていた。オレはなぜだか少し恥ずかしさを感じた。まったく、コイツは昔からいい奴だな。オレの成功を自分のことのように喜んでくれる。

「私はね、アベル。君のおかげで念願の鍛冶師になることができたのだ。君には恩を感じている。なんの力もない私を、君はここまで導いてくれた。感謝している。そんな君のめでたい門出だ。ボルトでもなんでも作ろうじゃないか。もちろん、お代は私持ちでね」

「そいつはありがたいが、本当にいいのか？　それに、オレは何もしてないさ。全てはキールの実力だ」

キールはギフトこそ鍛冶師向きのギフトで実戦には使えなかったが、エルフの中でも精霊魔法と弓の腕が抜群だった。本人は何もできなかったと謙遜しているが、オレよりもよっぽどパーティに貢献していたくらいだ。

「アベルのおかげで店の評判もいいからね。構わないさ。今度、大通りの商会に品物を卸すことになってね」

「キールの実力に、皆が気が付いただけさ。オレは何もしていない」

店の評判がいいのは、それこそキールの実力だろうに。

「店を出した最初の頃、一番厳しい時期だ。君が私の店を買い支えてくれたじゃないか。それに、周りの冒険者にも宣伝してくれた。アベルの紹介だからと、店に来てくれた客も多い」

「オレは信頼できる奴に仕事を任せただけさ。それに、もしキールの腕が悪ければ、客は来ても常連になることはなかった。キールの実力で勝ち取った未来だぜ」

「嬉しいことを言ってくれる。君の信頼を勝ち得ているのは、私の誇りとするべきことだな」

まったく、相変わらず大袈裟だな。そして、驚くほど義理堅い。こんな奴だからこそ、オレはキールを信頼しているのだ。

「お披露目がてら、オレのスキルを見てくれよ。検証も手伝ってくれると助かる」

「いいのか？　アベルの新しい武器になるのだろう？　パーティメンバー以外には秘匿するべきだと思うが……」

「信頼してるさ。それに、手伝ってくれると助かるってのも本当でよ？」

オレは久しぶりに飾らなくていい相手に会えて、知らず知らずのうちに饒舌になっていた。やっぱり、思春期の女の子の中に、オレみたいなおじさんが割って入るってのは、無駄にストレスを抱えるもんな。ガサツなオレだが、これでも『五花の夢』のメンバーには気を遣っているのだ。


「で、だ……」

オレは目の前に集まった『五花の夢』の面々を見ながら頭を抱える。あぁーもう、頭が痛ぇぜこの野郎……。

ここは王都の東門の広場だ。オレたち六人は広場の片隅、門に近い場所に集合していた。広場には市が立ち、多くの屋台が軒を連ねている。先ほどからひっきりなしに馬車と人々が行き交い、王都の賑わいを象徴していた。

ガヤガヤと意味のある単語さえ聞き取れない騒がしい空間。オレはその中でも声が通るように、大きな声を上げる。

「お前ら、冒険者ナメてんのか？　なんだよ、その格好は？」

冒険者を始めるにあたって、オレが装備一式を成人祝いに贈ったクロエ以外のメンバーの装備がダメダメだった。冒険者じゃなくても、旅人の方がよほどまともな装備をしていると思うほどだ。これから、実際に命のやり取りをするダンジョンに潜るというのに、この装備はひどい。ナメてるを通り越して終わってる。

特にひどいのが……。

「エレオノールとジゼルはなんだ？　なんでミニスカートなんだ？」

エレオノールの鎧はいい。若干装飾過多なところがあるが、鎧自体の質は高そうだ。だというのに、エレオノールはなぜか白のミニスカートに黒のニーハイソックスというふざけた格好をしていた。ミニスカートとソックスの間の露出した白い太ももが眩しい。

「かわいらしいでしょう？」

エレオノールがクルリと回転してみせる。バレエでも習っていたのか、その体幹にズレはない。それ自体はいいことだが、ひらひらと翻るミニスカートがなんとも頼りない。そもそもかわいらしさで命を預けることになる装備を選ぶこと自体が間違っている。

エレオノールに感化されたのか、ジゼルもクルリと一回転してみせた。ひらりとスカートの裾が捲れ上がり、クリーム色のパンツがチラリと見えた。こちらに至ってはもう何から指摘するべきか……。

ジゼルは、先日の初顔合わせで会った時の格好のまま現れた。ピチピチの明らかに体の大きさに合っていないワンピース姿だ。パッと見では下を穿き忘れたように見える格好だ。靴も使い古したボロボロの靴で、その細くてしなやかな白い脚がむき出しになっている。冒険者らしい装備は腰に佩いた安物の剣だけで、それがなければ、ただの物乞いが似合う貧民の少女だ。とても冒険者のする装備とは思えない。

「はぁ……。お前らは本当に冒険者って自覚があるのか？　これからダンジョンに潜ってモンスターと戦うんだぞ？」

「もちろんありますわぁー」

「そーそー。ダンジョンのモンスターなんて一撃だから！」

エレオノールとジゼルの答えを聞いて、さらに不安を募らせたオレを誰が責められるだろう。

「そんな格好で戦えば、要らん怪我をするだろうが。なんなんだお前らは？　パンツ見せたがりの痴女かなんかか？」

「ち、痴女なんかじゃありませんっ！」

エレオノールが顔を赤くしてブンブンと両手を振って否定する。だが、そんな短いミニスカートで戦闘なんかしたら、確実に見えるだろう。ジゼルなんてもっとひどい。そのピチピチのワンピースの裾は、股下から指二本くらいしかないような超ミニスカートだ。もう見せるための格好にしか思えない。娼婦だってもうちょっとマシな格好してるぞ。

「この方が動きやすいしー。パンツぐらい見られても別に良くなーい？」

「はぁー……」

ジゼルの言い分に、オレは大きなため息で応えた。最近の娘ってこうなのか？　それとも、ジゼルが特別なだけか？

いずれにしても、クロエに悪い影響があったら目も当てられない。ギャルなクロエというのもそれはそれで魅力的だろうが、できれば貞淑に育ってほしいのが叔父心だ。決して人様にパンツを見せびらかす痴女にはなってほしくはない。

次に、オレの視線はイザベルへと向かう。コイツも問題だ。

「イザベルは……もっとマシな服はなかったのか？」

イザベルの格好は一目で安物とわかる膝丈の黒いワンピースだった。一応剣を佩いていたジゼルとは違い、もう普通の町人にしか見えない。

「私の武器は精霊魔法だもの。服は関係ないでしょ？」

「いや、確かにそうだが……魔法を強化する装備ってのもある。せめて杖くらい持ったらどうだ？」

魔法使いといえば杖を連想する人も多いだろう。それは、魔法を強化する宝具が、杖に偏っていることに由来する。人類はまだ、魔法を強化する装備を作れないのが現状だ。ダンジョンから得られる宝具を使うしかない。

「知っているわ。でも、高くてとても買えないのよ。こんな格好をしているのですもの。貴方にも察することができるでしょ?」

確かに、イザベルの服装は、みすぼらしいと表現するのが妥当かもしれない。宝具の杖を買うような金があったら、まず服装をどうにかするか……。

ということは、同じようにほつれの目立つ服を着ているジゼルも金欠なのだろう。

まぁ、初心者冒険者なんてこんなものか……。昔を思い出せば、オレも初心者の頃は似たようなものだったと思う。

これはテコ入れが必要だな。

『五花の夢』のメンバーにテコ入れの必要性を感じながら、オレは残るリディへと視線を向ける。

リディは白地に青のラインが入ったぶかぶかの教会の修道服を着ていた。教会からの支給品だろう。

一見、リディの装備には問題がないように思えるが、やはり護身用に杖やナックルダスターくらい持っていた方がいいだろう。防御面も考えて、チェインメイルを下に着込むのもアリだ。

「はぁ……」

オレは胸が潰れるほど大きなため息をつくと、パーティメンバーに告げる。

「今日のダンジョン攻略はなしだ」

「「えぇーっ!?」」

「それはどうしてでしょう？」

クロエとジゼルが驚いたような声を上げ、エレオノールがオレに問うてくる。

「せっかく朝早くに集まったんですもの。ここはダンジョンに行くべきよ」

「んっ……」

イザベルもダンジョンに行くべきと声を上げ、リディもそれに賛同するように頷く。

オレもダンジョンには行きたかったさ。行って早くパーティの実力を確かめたかった。しかし……。

「そんな装備でダンジョンに行けるかよ。今日は予定を変更して装備の新調だ」

オレの宣言を聞いて、ジゼルとイザベル、そしてリディの顔色が曇る。

「わたくしは構いませんが……」

エレオノールが何か言いづらそうにジゼルたちを悲しげな目で見た。さっきイザベルにも察しろと言われたが、ジゼルとイザベル、そしてリディも金欠なのだろう。リディは教会からの支給品である修道服があるからまだいいが、ジゼルとイザベルなんて、冒険者以前に物乞いのような格好だ。とても金があるとは思えない。

『五花の夢』は、レベル1ダンジョンを二回、レベル2ダンジョンを二回制覇しているらしいが、低レベルダンジョンでの稼ぎなんて、たかが知れているしな。

「ハッキリ言わないとわからないみたいだから言うけど、私たちにはお金がないのよ。装備を新調したくてもできないわ」

不貞腐れたように言うイザベルに、オレは一つ頷いてみせる。

「そんなことは見りゃわかる。オレが投資してやるよ。期限も利息もなしの催促なしだ」

「おぉー！」

オレの言葉に、ジゼルは目を輝かせるが、イザベルは逆に眉を寄せて険しい顔になった。この好条件の何が気に入らないんだ？

「それじゃあ貴方にお金を出すメリットがないわ。見返りに何を求めるつもり？」

イザベルが自分の体を緩く抱き、心なしかオレを蔑んだ目で見ているような気がする。オレのことを、見返りにイザベルたちの体を求めるような奴だと思っていそうだ。かわいい姪が見ている前でそんなこと言うかよ。

自己紹介の時の印象が悪かったのか、イザベルとリディの二人には、特に警戒されているような気がする。まぁ、姪に「浮気者」と殴られるくらいだしな。警戒して当然かもしれない。そういえば、クロエの奴はなんでオレのことを「浮気者」なんて糾弾したんだ？　オレは独り身だし、付き合っている彼女がいるわけでもないんだが……。

クロエに真相を確認した方がいいような気もするが、今無暗に藪をつつく必要もないか。

まぁ、今はオレに対して不信感を抱いているイザベルとリディをどうにかしよう。

「もちろん、見返りは求めない。不安なら念書を書いてもいいぞ」

「本当かしら」

イザベルはまだオレを疑いの目で見ていた。なんでこんなに疑われてるのかねぇ。やっぱり男女混合のパーティは問題があるのか、それとも金が絡んだ話だから警戒しているのか……先が思いやられるな。

「そんなに疑うことないだろ？　金は後からちゃんと返してもらうしな。オレに損はない」

「損もないけど益もないでしょ？　貴方のメリットが見えないから逆に不安だわ。無償の慈善活動にだって誰かの利益が隠れているものよ？　それとも貴方は、そこまで底抜けのお人よしなのかしら？」

なんともひねくれた答えが返ってきたものだ。イザベルは人の善意というものが根底から信じられないらしい。今までどんな生活をしてきたのやら。イザベルがボロの服を着ているのを見るに、厳しい生活をしてきたことがなんとなく察せられる。きっと、その中で人の善意など信じられないと思うようなことがあったのだろう。

イザベルは賢い子だ。人の善意が信じられなくても、理があればわかってくれる。この場合、イザベルたちに投資するオレのメリットを示してやればいい。

「心配するなよ。オレにもメリットのある話だからな」

「貴方のメリット？」

オレはイザベルに頷いてみせる。

「いいか？　お前らの装備を整えて、お前らが強くなれば、それだけパーティメンバーであるオレのメリットにもなるんだ。オレは所詮、戦闘系のギフトを持たないただのポーターだからな。パーティの戦闘力ってやつは、お前らの強さに依存してる。オレの命もお前ら次第なところがあるくらいだ」

まぁ、装備を替えたところで得られる強さなんて微々たるものだがな。大事なのは、パーティのコンビネーションや連携だ。そっちは追い追い育てていくとして、まずは装備を整える。今のままじゃあ、あまりにもひどい。

「冒険者の稼ぎってのは、どのレベルのダンジョンを攻略できるかで決まると言っていい。一般的に、攻略するダンジョンのレベルが上がれば、稼ぎも上がっていくってもんだ。お前らもレベル2までダンジョンを攻略したみたいだが、ハッキリ言ってレベル3以下のダンジョンの稼ぎなんて、たかが知れてる。雀(すずめ)の涙みてぇなもんだ」

レベル3以下でも稼げるダンジョンもあるにはあるが、そこはいつも満員で、モンスターやボスの奪い合いが日常茶飯事だ。せっかくの低レベルで稼げるダンジョンなのに、挑戦する冒険者が多過ぎて、皆で仲良く貧乏になってやがる。

「オレとしては、さっさとレベル3以下のダンジョンを抜けて、レベル4以上のダンジョンに行きたい。そのためには、一日でも早くお前らに強くなってほしいんだ。だからまずはお前らの装備を整える。お前らが自分で装備を整えられるだけ稼ぐのを待ってる時間がもったいないからな。お前らだって、さっさと稼げるダンジョンに行って借金なくしたいだろ？　この投資はお前らのためでもあるが、オレのためでもあるんだ」

眉を寄せて難しい顔を浮かべていたイザベルが頷くまで、オレの説得は続いた。

◇

「はぁ!?　どうなっていますの!?」

わたくし、ブランディーヌは、訳がわからず冒険者ギルドの受付嬢に問い返した。

「で、ですから……『切り裂く闇』へのパーティ参加希望者はいません……」

わたくしの怒声に恐れをなしたのか、受付嬢が震えながら答える。しかし、その言葉は、わたくしの望んだものではなかった。沸々と怒りが込み上げてくる。

「貴女、ナメてますの!?」

「ひっ……」

もう一度怒鳴るように問うと、受付嬢の口から小さく悲鳴が漏れた。その顔は血の気が失せたように白くなり、唇が紫になっている。目は充血して赤くなり、目尻には今にもこぼれそうなほど大きな涙の粒が見える。

受付嬢の恐怖に強張った顔を見て、わたくしの溜飲（りゅういん）が少し下がる。前から冒険者ギルドの連中は気に食わなかったけど、これだけ脅せば少しはわたくしたちを見る目も変わるだろう。

ギルドの連中は、アベルばかり贔屓して、わたくしたちのことをまるで評価しない。あんなマジックバッグにも劣るハズレギフトしか持たない奴のどこがいいのかしら。アベルはポーターでしかない。ただの荷物持ちだ。パーティの主力は、実際に戦ってるわたくしたちのはずなのに、アベルばかりが評価される意味がわかりません。

「それで？　本当は何人参加希望が来ていますの？」

今度は優しく受付嬢に問いただす。もうナメた口はきかないでしょう。

「あの……、本当に参加希望が来ていないんです。信じてくださいッ！」

涙を拭って訴える受付嬢の姿に嘘は見えなかった。本当に？　本当に『切り裂く闇』へのパーティ参加希望者が0だって言いますの!?

「そんなバカな話があるわけないでしょう！！！」

わたくしは苛立ちを込めてカウンターテーブルを叩いた。テーブルがミシリッと音を立てるほど全力だ。

このアマ、まだわたくしのことをナメていますの!?

「いいですか！　よく聞きなさい！　わたくしたちはレベル6ダンジョンを制覇した『切り裂く闇』ですよ！　若手じゃ頭一つも二つも飛び抜けてるビッグネーム！　なんで新進気鋭のわたくしたちのパーティに入りたい奴がいないんですの！　おかしいでしょう！！！」

普通に考えて、選ぶのも大変なほど大量に集まるはずだ。それが0なんてありえない！

「ブランディーヌ、こちらへ来るがよい」

もう一度受付嬢にわからせてやろうと口を開こうとすると、腕を掴まれて後ろに引っ張られた。

セドリックの声だ。

「なぜ止めますの!?」

後ろを向いて、巨漢のセドリックに噛み付くように吠える。

「そうだね。これ以上はマズイ。まずはこっちに来なよ」

ひょろっとした黒いローブ姿のジェラルドもわたくしを制止する。マズイ？　いったい何がマズイというの？　わたくしたち『切り裂く闇』が冒険者ギルドにナメられている方がよっぽどマズイ状況でしょう!?

「左様。これ以上は看過できぬ。周りを見てみるがよろしい」

周り？　グラシアンの言葉に周りを見ると、険しい表情をした冒険者たちと目が合った。言い直しましょう。冒険者たちの表情は、険しいを通り越して、わたくしを蔑みの視線で見ていた。どういうことですの!?

「お嬢、ここはちと状況がわりぃ。頭冷まして向こうで話し合おうぜ」

「ええ……」

周りの冒険者の視線に気圧されるように、わたくしはジョルジュの言葉に頷いてしまった。

クッ！　なんて惨めな気分なの！

場所を変えて、わたくしたちは冒険者ギルドの食堂で顔を突き合わせていた。

「なんなんですのアイツらは!?　わたくしをバカにしやがって！」

受付嬢に周りの冒険者ども、アイツらは間違いなくわたくしをバカにしている。一度は矛を収めたが、未だにわたくしのはらわたは、沸々と煮えくり返っていた。

「怒りはわかるが、今は落ち着くのだ。怒っても事態は好転せぬぞ」

今はセドリックの正論にも腹が立つ。ですが……。

「はぁー……」

口から熱い息を吐き、怒りを収めるように努力する。不満をのみ込み、聞く耳を持つ。パーティを導くリーダーには必須の技能だ。そうわたくしに教えたアベルの影がチラつき反吐が出そうですが、使えるものはなんでも使う。それが冒険者です。

「それで？　なぜわたくしを止めたの？」

「お主も見ただろう？　あの冒険者どもの目を。あのままでは我々が悪者になる」

「悪名が怖くて冒険者なんてやってられませんわ。あのナメた態度の受付嬢をシバいた方が良かったのではなくて？　その方が冒険者ギルドも目を覚ますことでしょう」

わたくしはセドリックを鼻で嗤うと、今度はクロードが口を開く。

「あの受付嬢が嘘を言っていないとしたら？」

「どういうことです？」

明らかに嘘をついているあのアマが、嘘をついていないってのはどういう了見でしょう？

「アベルだ」

クロードの呟いた名前に、わたくしは反射的に顔を顰める。できればもう一生聞きたくない名前だ。

「僕たちはアベルの影響力を低く見ていたのかもしれない。考えてみれば、あんな無能がレベル8になれるなんておかしな話だろ？　そのぐらい冒険者ギルドに強い影響力を持っているんだ。そして、アベルは僕たちのことを憎んでいる。もうわかるだろ？」

「そういうことですの……。腐ってもレベル8ってところかしら……」

アベル、どこまでもわたくしたちの邪魔をする奴！

「どういうこった？」

「寄生虫のアベルの妨害に遭ったんです。アイツが裏で手を回して、冒険者ギルドへのわたくしたちの依頼を握り潰したんですわ！」

まだ事態をのみ込めないジョルジュに、わたくしは端的に言って聞かせる。

「これからどうする？」

「決まっていますわ！」

わたくしは不安な顔を浮かべたグラシアンに強気に答えた。

「いいかしら？　冒険者ギルドはもう役に立ちません。アベルの妨害に遭いますからね。わたくしたちの敵と言ってもいいでしょう」

わたくしは一人一人を顔を見て言う。セドリック、ジョルジュ、クロード、グラシアン、皆の顔には不安、そして不満の色が見えた。そうですわ！　これ以上アベルの横暴を許しておけません！

「追加の人員は、集まらないと思った方がいいでしょう」

本当なら、アベルよりもよっぽどマシな新メンバーを加えて、さらなる飛躍をするはずだったのに。あの男、絶対許しませんわッ！

「ではどうする？」

セドリックがわたくしに問いかけてくる。

「わたくしたちは……」

『最後に一つ。次にダンジョンに行くなら、レベル5のダンジョンに行くといい。そこで自分たちの実力を確認しておけ』

わたくしはアベルの言葉を振り切って断言する。

「わたくしたちは、レベル7ダンジョンを攻略いたします！　冒険者ギルドが、周囲の冒険者たちが、わたくしたちを侮るのは、レベル6ダンジョンの制覇がアベルの手柄にされているからです！　わたくしたちは、アベルがいないと何もできないと思い込まれています！　まずはその腐った現実を蹴散らしましょう！」

そうすれば、冒険者ギルドの連中も考え直すでしょう。わたくしたちとアベル、どっちが有能かね！

◇

「ふぅー……」

女の買い物は長いと聞いてはいたが……まさか、これほどとはな。朝早くに集合したというのに、買い物が終わった頃には、もうとっくに日が西に傾き、周囲を茜(あかね)色に染め上げていた。丸一日かかってしまうとはな。

オレの場合、見た目よりも性能重視だ。装備のスペックを比較して決めるだけの単純作業だが、年頃の女の子となるとそうもいかないらしい。性能と見た目、そして値段。様々な要素を加味して装備を決めるからか、やたら時間がかかる。

まぁ、思春期だからなぁ。今のオレは自分の服装などどうでもいいが、オレにも自分の見た目をやたらと気にする時期があった。時には装備の性能よりも見た目を重視する非効率さを発揮したくらいだ。あまりとやかく言えん。

それでも、オレのおススメする装備がことごとく却下されたのには、さすがに閉口したがな。曰く、オレのおススメする装備はかわいくないらしい。かわいらしさよりも自分の命の方が大事だと思うんだがなぁ。そう思ってしまうオレは、それだけおじさんになったということだろう。気持ちはまだ若いつもりだが、服装や身だしなみとかいちいち決めるのが面倒で、どうでもよくなってしまったからなぁ。

顎に触れれば、ジョリジョリと無精ヒゲが逆立つ感覚がする。

昔は毎朝剃っていたんだが、今では気が向いたらだもんな。身だしなみや服装に気を遣うよりも、面倒が勝ってしまうというのはおじさんの入り口かもしれん。

「叔父さん、どうしたの？」

隣を歩くクロエの声に、現実へと戻される。茜に染まる黄昏時(たそがれどき)だからか、なんだか感傷的な気分になってしまった。

「んにゃ、なんでもねぇよ。夕飯でも買って帰るか」

なんでもないオレの言葉に、クロエがぱぁっと輝くような笑顔を浮かべる。

「今日は家に来てくれるの⁉」

まったく、こんなだらしない叔父さんが、家に来るのことの何がそんなに楽しいのかねぇ。普通は嫌がりそうなものだが。世のお父さん方は思春期の娘に嫌われないように必死だというのに、クロエは昔からずっとオレに懐いている。父親のいないクロエにとって、オレは半分親父みたいなものだと思うんだが……。まぁ、嫌わないでくれるのは素直にありがたいな。

「ああ。今日は夕飯にお邪魔しようと思う。その後帰るがな」

「えぇーっ。泊まっていけばいいのに。また一緒に寝ようよー」

クロエがオレの腕に抱き付いて、上目遣いでオレを見る。まったく、どこでそんな技覚えたんだか、その姿はなんでも買ってやりたくなるほどかわいらしい。

姉貴とクロエの家は客間というものがない。リビングとキッチン、そして寝室が一つあるだけの小さな家だ。そして、寝室にはベッドが一つしかない。その一つしかないベッドで姉貴とクロエは寝起きしてるんだが、クロエが小さかった時ならまだしも、今三人で寝たらきっとぎゅうぎゅうになるほど狭い。

わざわざオレを誘うこともないだろうに。

「ダメだ。オレは宿に帰る」

「えぇー。今日くらい、いいじゃない。結局あたしには何も買ってくれなかったし……」

「あれは……」

クロエがオレの顔を見上げたまま頬を膨らませてみせる。オレがクロエに何も装備を買わなかったことが不満らしい。だが……。

「アレは別にプレゼントしたわけじゃねぇぞ。後でキッチリ金を返してもらうからな。オレに借金ができなくて良かったんじゃねぇか」

視線を下げてクロエの全身を見れば、フードとマフラーの付いた黒を基調としたタイトな装備に身を包んでいるのがわかる。オレが成人祝いでクロエに贈ったシーフ用の装備だ。おかげでクロエの装備は、新調する必要がなかった。

「それはわかってるけど、そうじゃなくてー」

クロエがオレの腕に抱き付きながらぶら下がるように体重を預けてきた。皆は装備を新調したというのに、自分だけ仲間はずれが嫌だったのか？　年頃の女の子の考えはわからん。

「ほら、自分で歩け。さっさと夕飯を買いに行くぞ」

「もー」

オレはクロエを無理やり引きずるようにして、市場へと向かうのだった。


「それでクロエはご機嫌斜めなのね」

向かいに座った姉貴が、クロエを見て笑って頷いた。今は買い物も終わり、姉貴とクロエの家で夕飯を食べてる最中だ。今日の夕食は、市場で見つけたシチューを鍋ごと買い、他にもパンやソーセージ、サラダや卵料理などが並ぶ。

姉貴には「また鍋ごと買ってきて！　あんたは我が家を鍋まみれにするつもり!?」と怒られたが、

シチューの入れ物を持っていなかったのだから仕方がない。

ちなみに、オレが次々と買ってくる鍋は、売らずに近所の人にあげているらしい。なんとも姉貴らしい話だ。売れば少しは自分たちの生活の足しになるだろうに。

「もー。そんなのじゃないんだからっ」

クロエが若干の不機嫌さをにじませてパンを千切る。姉貴にからかわれたと思ったのだろう。

オレは千切ったパンをシチューにつけながら思う。

そういえば、クロエに「浮気者」の真相を聞くのを忘れていた。

どうするかな？　今は姉貴もいるし、何が出てくるかわからん話は止めておくか。下手に藪をつつくことはないだろう。蛇程度ならいいが、ドラゴンが出てきたら怖い。

オレはシチューをたっぷりと吸ったパンを頬張り、そのまま口を閉じるのだった。

第五章　ダンジョンと新スキル

ふかふかの腐葉土が敷き詰められた森の中。

「ねーえー？　まーだ!?」

「もう少しだ」

歩くのが面倒になったのか、不貞腐れるように言うジゼルに答える。まぁジゼルの気持ちもわからなくはない。昨日から歩き通しだからな。

オレたち『五花の夢』は、王都を東に進むこと一日の距離にある自然豊かな山の中へと分け入っていた。先頭を歩くオレは、片手に持った剣で木の枝や蔦(つた)を切り払い、道を確保しながら歩く。確かもうそろそろ見えてくるはずだが……。

「ふんっ」

気合を込めて右手に持つ剣を振り、木の枝葉を打ち払うと、目の前が急に明るくなった。やっと辿り着いたか。

前方に見えるのは、崖にぽっかりと開いた横穴の洞窟だ。パッと見る限りでは、とてもダンジョンの入り口に見えない貧相な見た目だが、低レベルのダンジョンなんてどこも似たようなものだろう。

ここが天然の洞窟ではなく、神の試練であるダンジョンである証(あかし)として、通称ダンジョン石と呼ばれる特別な石の台座が鎮座している。

「着いたぞ。少し休憩してからダンジョンに入ろう」

「やっとー？　もう疲れちゃったよー」

「そうね。休憩というのは賛成よ」

慣れない山歩きで余計に体力を消耗したのか、ジゼルとイザベルをはじめ、五人の少女たちが疲れた様子で地べたに腰を下ろす。山の中はふかふかの腐葉土に足を取られるからな。普段以上に体力を消耗する。一応オレが先頭に立って腐葉土を踏み固めたつもりだったんだが、それでも五人の体力にはきつかったようだ。

「冒険者は足が命だぜ？　これから鍛えていかないとな」

「うへー……」

オレの言葉にジゼルたちが眉を寄せて嫌な顔をしていた。まぁ、体力作りってのは、大切だがひたすらに地味な訓練だからな。少女たちや新人冒険者たちが嫌がるのもわからんでもない。しかし、いざという時に役立つのは、驚異的な身体能力ではなく、地道に培われた体力だ。体力がなければ、どんなにすごい体術を持っていたとしても、無になる。

オレは、座り込む少女たちに背を向けて、洞穴の入り口にある石の台座へと近づいていく。

「ふむ。今このダンジョンに挑戦しているパーティは0だな。これなら思いっきり暴れてもいいだろう」

オレは目の前の台座に安置された丸い水晶玉に手をかざしてダンジョンの情報を読み取っていく。

どういう原理かはまるでわからんが、この水晶玉に手をかざすと、ダンジョンの情報が頭の中に入ってくる。

と言っても、あくまで表層的な情報だがな。ダンジョンの情報を集めるなら、実際にダンジョンに行った奴から情報を買うのが一番いい。それでも、百聞(ひゃくぶん)は一見(いっけん)に如(し)かずなんて言葉もあるがな。

やはり、自分で体験しないと見えてこないものというものはある。

まぁダンジョン石から得られる情報なんてのは、本当に極僅かだ。それでも、オレたち冒険者がこのダンジョン石から情報を探るのは、他の冒険者パーティの有無がわかるからだろう。あらかじめ他の冒険者パーティがいると知っているだけで、避けられるトラブルは多いのだ。

「んじゃ、休憩ついでにもう一度このダンジョンについて説明しておこう」

オレは未だにへたり込んでいる少女たちに向かって口を開く。

「えー、また!?」

「こういうのは、耳にタコができるくらい聞いておいて損はねぇぞ」

文句を言うジゼルを黙らせて、オレはこのダンジョンについて説明し始める。

「このダンジョンは、『ゴブリンの巣穴』。ダンジョンレベルはレベル2。オーソドックスな洞窟型のダンジョンだ。トラップの類はなし。出現するモンスターは……」

「もう何回も聞いたわ。ゴブリンでしょ？　ダンジョンの名前になっているくらいだもの」

「んっ……」

オレの言葉を遮ってイザベルが声を上げ、それに同意するようにリディが頷くのが見えた。イザベルやリディ、そして他のメンバーにも、あまり緊張感というものがない。もう二度もレベル2ダンジョンを攻略しているという余裕の表れだろうか。オレにはそれが危ういものに見えた。

「油断するなよ。ここはお前たちが攻略してきた他のレベル2ダンジョンとは一味違うぞ。トラップがない分、モンスターが強い。一応レベル2のダンジョンだが、モンスターの強さはレベル3と遜色ないぞ。今までと同じだと思ってたら、痛い目に遭うぜ」

オレの言葉に少しは真剣さを取り戻したのか、五人の少女たちの目がオレを真っすぐに見つめてくる。いい傾向だ。

「ゴブリンたちの打たれ強さと武具には注意が必要だが、特に注意が必要なのは、飛び道具だな。弓を持ってるゴブリンには要注意だ」

おそらく、モンスターが飛び道具を使って攻撃してくるなんて『五花の夢』のメンバーにとっては初めての体験だろう。他にも、ゴブリンたちは粗末な剣や槍などの武器で武装している。武器によって間合いが違ってくるし、対応も違ってくる。そのあたりに上手く順応できればいいんだがな。

オレがなぜ次の攻略するダンジョンにここ『ゴブリンの巣穴』にしたかと言えば、飛び道具をはじめ、様々な武器を使うゴブリンが現れるからだ。ここで修行すれば、様々な武器に対応できるようになる。勝手に戦闘の基礎が身に付いていく。

昔は修行目的のパーティがいくつか来てたんだが……深く生い茂った山道を見る限り、最近はあまり人が来ないようだな……。基礎が大事なんだが……。

まぁ、それも仕方ないのかもしれない。『ゴブリンの巣穴』は、確かに修行にはもってこいだが、その稼ぎとなると、レベル2ダンジョンの中でも微妙だ。その日暮らしがやっとの初心者冒険者には、なかなか来れないダンジョンだろう。

「さて、こんなところか。もうしばらく休憩したら潜るぞー」

「「はーい」」

「わかったわ」

「んっ……」

『五花の夢』のメンバーたちが頷くのを見て、オレも休憩するべく地面に腰を下ろした。


「あいよっ！」

松明のオレンジ色に色付く洞窟の中に、白銀の剣筋が閃いた。ジゼルだ。パーティの遊撃手であるジゼルが、エレオノールと睨み合っていたゴブリンを背後から奇襲したのだ。

「Guaaaaaaaaaaaaaaaa!?」

いきなり背中を斬られたゴブリンは、耳をつんざくような悲鳴を上げて前のめりに倒れる。

「はぁっ！」

そこに待っていたのは、エレオノールの鋭い一刺しだ。

「Guoッ」

エレオノールの装飾過多な片手剣の突きを喉に受けて、ゴブリンがくぐもった声を上げる。その背や喉からは、白い煙がまるで血液の代わりに噴き出していた。

「えいっ！」

なんとも気の抜けるエレオノールの声と共に、ゴキュリと何かがねじ切られたような音がした。

エレオノールが片手剣を捻ってゴブリンの喉を抉ったのだろう。

ゴブリンはビクリッと体を一度震わせると、ボフンッと白い煙となって消える。ゴブリンの討伐に成功したのだ。

カランッ！

小さく乾いた音を立てて、ゴブリンがいた場所に棍棒と呼んでいいのか、木の枝と呼ぶべきか迷うほどの木片が落ちていた。これがゴブリンのドロップアイテムだ。オレはその木片を拾って【収納】に収めながらジゼルとエレオノールの様子を窺う。

二人ともモンスターの討伐に達成感を感じているのか、小さく笑みを浮かべている。緊張や恐怖で強張っているわけではなさそうだ。

稀に人型のモンスターを倒すことに拒絶反応を示す者がいるが、二人は大丈夫なようだな。

そのことに安堵しつつ、ジゼルへと視線を向ける。

「よっしゃー！」

両手を上げてモンスターの討伐を喜ぶジゼル。その姿は、以前のボロ着姿ではない。艶消しした黒の革鎧をタイトに着込み、一見その姿は身軽さを尊ぶシーフのようだ。オレとしては、ジゼルは剣士なのだからもっと重装甲にしたかったのだが、本人が嫌がった。下にチェインメイルを着ることも拒否したくらいだ。ジゼルは身軽さを重視しているらしい。

【剣王】という剣士なら喉から手が出るほど希少かつ強力なギフトを貰ってはいるが、ジゼルの嗜好はシーフ向きのようだ。

そんなジゼルだからか、彼女は革製のパンツ鎧であるサブリガと、レギンスの装備も拒否した。動きが制限されることが我慢できないらしい。サブリガとレギンスの代わりに彼女が穿いているのが、厚手のホットパンツとニーハイソックスだ。ジゼル本人はかわいいと言って気に入っているようだが、オレとしては防御力に不安が残る。

ジゼルがどうしても譲らなかったのでオレが折れてしまったが、もっと強く言うべきだったかもなぁ……。

オレはやれやれと頭を振って、今度はエレオノールに注目する。エレオノールは、胸の前で左手を握って勝利を噛み締めているようだった。

エレオノールの格好は、以前とあまり変わりはない。装備自体は充実していたからな。変更した点は、ミニスカートを止めさせたくらいだ。

エレオノールは、紺色のワンピースドレスを着て、その上から白銀に輝く鎧や盾を身に着けている。オレとしては、普通にズボンでいいかと思ったんだが、エレオノールはどうしてもスカートにこだわったので、この紺色のワンピースドレスになった。

ドレスと付く通り、なかなか華やかなワンピースだ。しかし、冒険者の装備として、最低限の仕事は果たしている。実はこのワンピースドレスは、鉄線が編み込まれた防刃仕様なのだ。ワンピースドレスの下にもチェインメイルを着ているし、たぶん大丈夫だろう。

目下一番心配なのは……。

「何かしら？」

イザベルに目を向けると、虹の油膜がかかったような黒い瞳がオレを迎撃する。その横にくっつくように立っていたリディの赤い瞳もオレを睨むように見る。この二人には、なぜか強く警戒心を持たれてるんだよなぁ……。いや、イザベルには初っ端(しょぱな)胸の話をしちまったからわからんでもないが、リディはなんでオレのことをこんなに警戒してるんだ？　貞操(ていそう)の危険を感じてるとか？　いや、どう見たって十歳くらいにしか見えないリディを女として見たことはないんだがなぁ……。

リディは手に持った錫杖(しゃくじょう)をキュッと握り締めて、イザベルの後ろに隠れてしまう。まぁ、リディの装備に関しては問題じゃない。リディの白地に青のラインが入った修道服の下にはチェインメイルを着ているし、手には錫杖も持たせた。棒術の心得はこれから教えていくとして、とりあえず装備面は問題ないだろう。

問題があるのは……。

「何？　何か言いたいことがあるなら言ってみなさいな」

オレの視線から庇うように胸元を手で隠しながら言うイザベル。何を勘違いしてるんだか。オレは胸なんて見てねぇぞ。

「それじゃあ言わしてもらうがよ。その格好はどうにかならんのか？」

イザベルは今、ダンジョンの攻略中だというのに、その細い肩もたわわな胸元も露わにしたイブニングドレスのような黒いドレスを着ている。黒のヴェールで顔を隠していることといい、まるで喪服のようだ。手には杖も持っておらず、右手に松明を持っているだけだ。松明の光に照らされて、右手の薬指に淡く黄色に指輪が光っている。どこからどう見てもダンジョンには不釣り合いの格好だ。まったく冒険者に見えない。

「どうにもならないわ。これが私の勝負服よ」

「その喪服みたいな色だけでもどうにかならなかったのか？　縁起が悪過ぎるだろ……」

しかし、イザベルはオレの言葉をふんっと鼻で嗤う。

「冒険者なんていつ死んでもおかしくないのだから、相応の覚悟を持って臨むべきよ。この服は、私の覚悟の表れなの」

「その覚悟は素晴らしいとは思うがよ。下にチェインメイルくらい身に着けたらどうだ？」

イザベルは、本当にドレスだけ着ていて、防具らしいものは何も身に着けていない。間違いなくこのパーティで一番防御力が低いのは彼女だろう。

「加工品は精霊たちが嫌がるのよ。魔法の力を高める意味でも、できる限り身に着けたくないわ」

イザベルは【精霊眼】という稀有（けう）なギフトを持つ精霊魔法の使い手だ。その威力を落としたくないという気持ちはわかるが、ちょっと心配になってしまう。

「はぁー……」

だが、言っても聞かないんだよなぁ……。オレは諦めの気持ちを込めてため息をこぼした。

「ゴブリン四っ！」

可憐な少女を思わせるかわいらしい声が、耳に届く。

暗くじめじめとした洞窟の中。松明の頼りなく揺れる明かりが照らす前方の曲がり角。そこから跳ぶように躍り出たのは、黒のピッチリと張り付くような装備を身に纏うクロエの姿だ。

クロエは、盗賊とも呼ばれることがあるパーティの斥候役であるシーフだ。敵地に単独偵察に行くこともあるので、その身は音の鳴る金属の重装備を纏えない。そこで考えられたのが、攻撃を耐えるのではなくかわすという発想だ。そのため、シーフの装備は過剰なくらい身動きしやすいように考えられている。中には下着と変わらないような物まである始末だ。

当然、オレはかわいい姪であるクロエが、痴女扱いされるのを防ぐべく、なるべく布面積の広い物を選んだつもりだ。しかし……オレは判断を誤ったかもしれない。

「ウォリ三、アチャ一！」

接近戦をするゴブリンの戦士ゴブリンウォーリア三体と、弓を持ってるゴブリンアーチャーが一体か。そこそこいい練習になるだろう。

クロエが敵のゴブリンの構成を伝えながら、こちらに向かって駆けてくる。松明のオレンジの光に照らされたその姿は、クッキリと若さ溢れるボディラインを浮かび上がらせていた。

クロエの装備は、確かに露出している肌面積は少ない。顔と肩、太ももの一部が露出しているくらいだ。だが、クロエの体にピッチリと張り付いた装備は、まるで服を着ているのではなく、クロエの裸体に服の絵を描いたようにも見える有様だ。

オレは布面積にばかり気を取られ、大事なことを見落としていたようだな……。

後でなんとかしよう。オレはそう心に固く誓い、【収納】を発動する。現れるのは、そこだけ切り取られたかのような黒い空間だ。オレはその黒い底なしの空間に手を突っ込んで、中からある物を取り出して構える。

それは大きく、まるで殺意以外の感情が抜け落ちたかのように無機質な冷徹さをたたえるクロスボウだった。弦を張り詰め、ボルトが放たれ敵を穿つ瞬間を、今か今かと待ち構えている。

この巨大なヘヴィークロスボウがオレの相棒だ。

重くて狙いが付けづらいわ、弦が硬過ぎて、それなりに鍛えているはずのオレでも自力で引けず、備え付けの巻き上げ機を使わなくてはいけないわ、とにかく扱いづらい。威力に特化し過ぎて、その他全てを犠牲にしたような、汎用性などまるでないクロスボウだ。

しかし、その威力は絶大である。大した戦闘能力を持たないオレが、高レベルダンジョンのモンスターに傷を負わせることができる唯一の手段だ。

「アーチャーはオレが仕留める。お前たちはゴブリンウォーリアを」

オレはパーティメンバーへと指示を出して、ヘヴィークロスボウの狙いを曲がり角へ定めた。ゴブリンアーチャーは、弓を射る時間さえ与えずに倒さないといけないからな。陣形を無視して後衛を攻撃できる遠距離攻撃は、相手にするととても厄介だ。

「ＧｙａＧｙａＧｙａＧｙａＧｙａＧｙａＧｙａＧｙａ！」

「ＧｕａＧｕａＧｕａ！」

奇怪な雄叫びが、洞窟の中で反響し、微かにオレの耳に届く。その奇声は次第に大きくなり、こちらに接近していることがわかった。来たか。

曲がり角から飛び出してきた音の正体は、緑色の肌をした小柄な人影だった。オレの腰ぐらいまでしかない小さな体躯、その小さな体には不釣り合いなほど大きく尖った耳、金色の瞳にヤギのような横長の瞳孔。ゴブリンだ。

先頭を駆けてきたゴブリンは、粗末な腰巻を身に着け、その手に棍棒を持っている。ウォーリアと呼ぶには貧相だが、これがレベル2ダンジョンのゴブリンウォーリアだ。

以前戦った野生のゴブリンよりも、よほど貧相に見える。強さも野生のゴブリン以下だろう。

ゴブリンウォーリアがオレの射線上を通過していく。オレの狙いはゴブリンアーチャー。コイツには撃たない。

「Ｇｕｇｅｇｅ！」

次に現れたのも棍棒を手にしたゴブリンウォーリアだ。

そして、次に現れたのは……ッ！

ブォンッ！！

オレは、それを知覚すると同時にトリガーを引いていた。ヘヴィークロスボウの太い弦が空気を切り裂く重苦しい音が洞窟に反響して響き渡る。

オレの放ったボルトは狙い違わず飛翔し、ゴブリンアーチャーの頭を撃ち砕いた。ゴブリンアーチャーが断末魔もなく白い煙へと成り果てる。

ボスッ！

ゴブリンの頭を貫通したボルトは、尚もその威力を保っていた。洞窟の壁に激突し、重低音を響かせる。

ゴブリンアーチャーを仕留めた今、相手はゴブリンウォーリア三体だ。おそらく勝てるだろう。オレはヘヴィークロスボウの弦を巻き上げながら観戦することにした。

ゴブリンウォーリアたちは、こちらを見ると、怯むどころか嬉々として襲いかかってくる。普通の生物なら仲間が一撃で倒されたことに動揺や恐怖を浮かべそうなものだが、これは何も、このゴブリンウォーリアたちが特別バカだからではない。ダンジョンのモンスターは、侵入者を見つけると、人数差や戦力の大小に拘わらず襲いかかってくるのだ。

まるで、命ある限り敵を殲滅しようとする死兵だ。一見バカみたいだが、やられてみると意外とキツいことがわかる。何せ、見つかれば絶対戦闘になるからな。一回の戦闘では気になるほどではないが、何度も続けばこちらが疲弊する。たとえ、相手がザコだとしてもだ。

もう『ゴブリンの巣穴』の八割方攻略できた。総戦闘回数は十七回。そろそろパーティメンバーに疲労が溜まってくる頃だろう。剣を持ち上げる腕も重いはずだ。

だが、慣れていかねばならない。ダンジョンという、どこにも安全地帯が存在しない魔境にいるのだ。休憩を欲しても休憩できないことなんてザラにある。パーティに大事なもの。それは、素早く敵を片付ける殲滅力も大事だが、一番大切なのは継戦能力なのだ。

「あなたたちの相手はわたくしですわっ！」

迫ってくる三体のゴブリンウォーリアに対して、最初に動いたのはエレオノールだった。その手に持つ剣を盾に打ち付けて音を鳴らし、ゴブリンたちの注意を引き付ける。

重装甲のエレオノールは、タンクと呼ばれることもあるパーティの盾役だ。敵の攻撃を一身に受け、味方の攻撃の機会を作り出す。パーティの盾であると同時に、攻撃の起点でもある。

まぁ、今回は相手が棍棒とも呼べない木の棒を持ったゴブリンだ。盾に鎧の重装甲、そして【強固】のギフトを持つエレオノールが、怪我を負うこともないだろう。

エレオノールから深い黄色の光の粒子がこぼれた。【強固】のギフトを使ったのだ。エレオノールの体や身に着けている装備が硬度を増し、防御力が上がる。

パーティメンバーの前に出て、ピカピカ光る鎧を身に着け、音を鳴らし、さらには自身が光るエレオノールは目立つのだろう。ゴブリンたちが、エレオノールを目標に定めて襲いかかる。その刹那────ッ！

キンッ！

ゴブリンたちの雄叫びの中、涼やかなその音は、不思議なほど大きく響いた。

「Guaッ!?」

同時に、一番右にいたゴブリンが、胸から白い煙を噴き出し倒れる。倒れたゴブリンの向こうに見えるのは、黒い鎧に包まれたジゼルの華奢(きゃしゃ)な背中だ。その赤いポニーテールが、ふわりと舞い上がっていたのが印象的だった。

速い。ゴブリンの懐に飛び込んで、剣を抜き放ち、そのまま一閃(いっせん)して駆け抜ける。やっていることは単純だが、とにかく速い。これまでの戦闘で疲れも溜まっているだろうに、その速さは増して尚も鋭くなっている。

武器を持った相手の懐に飛び込むのは、思っている以上に度胸が要る。僅かでも躊躇してはならない。それをこうも鮮やかにやってみせるとは、ジゼルは思った通り気の強い子だ。冒険者の前衛には必要な気の強さだ。それでいて、この短時間で違いがわかるほど急速に成長している。将来が楽しみな娘だ。

「ＧａｕＧａｕＧａｕ！」

「ＧｏｂｕＧｏｂｕ！」

前方から荒い息遣いの雄叫びが聞こえる。残った二体のゴブリンウォーリアのものではない。新手だ。オレはヘヴィークロスボウの巻き上げ機を高速で回しながら叫ぶ。

「新手だ！　早めに処理しろよ！」

「はぁあっ！」

オレの言葉に応えるように、エレオノールが隙をさらすことを覚悟で右のゴブリンウォーリアに突きを放つのが見えた。ゴブリンの武器が棍棒という貧弱な武器だからこそできるパワープレイだ。

「うっ……！」

エレオノールは左肩と腹を棍棒で殴られるが、痛みに耐え、姿勢を崩さず、突きを全うする。エレオノールの剣の刃先は、見事ゴブリンウォーリアの胸の中心を穿った。攻撃が当たったことに満足せず、エレオノールは剣をねじると素早く剣を引く。

「Ｇｏｂａｯ!?」

胸の中央に大きな穴を穿たれたゴブリンは、エレオノールに剣を引かれると、力なく地面に崩れ落ち、白い煙となって消えた。これで残すはゴブリンウォーリア一体。その残った一体に、ジゼルがバックアタックを仕掛けようとしているのが見えた。

これで終わりだな。

しかし……。

「Guaaaaaaaaaaaaaaaaa！」

「GobuGobu！」

最後のゴブリンウォーリアを倒すよりも、ゴブリンたちの援軍の到着の方が早かった。現れたゴブリンは、棍棒を手にしたゴブリンウォーリア二体、弓に矢をつがえるゴブリンアーチャー四体。

最悪だ。

「ウォリ二！　アチャ四！　オレは右を殺る！　とにかくアーチャーを潰せッ！」

クロエたちには油断をしてほしくなくて敢えて言わなかったが、ぶっちゃけこのダンジョンはゴブリンアーチャーさえどうにかできればクリアできる。ゴブリンウォーリアの武器は粗末な棍棒だ。ゴブリンの腕力では大したダメージは喰らわない。しかし、ゴブリンアーチャーは違う。

ゴブリンアーチャーの矢には、粗末な作りながらも黒曜石の鏃が付いている。ゴブリンウォーリアの棍棒などよりも、よほど殺傷能力が高い。しかも、ダンジョンのモンスターだというのに、ゴブリンの不衛生で悪賢い部分も再現しているのか、矢には毒が塗ってある場合もある。

とにかくゴブリンアーチャーの矢は喰らってはいけない。

ブォンッ！！！

まるで獣の唸り声のような耳馴染みのある音が響き渡る。ヘヴィークロスボウの発射音だ。発射とほぼ同時に、超高速で飛翔するボルトが右のゴブリンアーチャーの頭を爆散させる。これで残りのゴブリンアーチャーは三体。

「わかったわ！」

先ほどは魔法の使用を控えていたイザベルが、オレの言葉に応え、右手を前に向けた。遅い。オレへの返事など必要ない。一刻も早く魔法でゴブリンアーチャーを潰すべきだ。

「トロアル！　ストーンショット！」

イザベルが、契約している土の精霊に指示を出す。精霊魔法は、精霊が魔法を使う分、威力に対して魔力の消費は少なくなるが、魔法の発動にワンテンポ隙ができるのが弱点だ。間に合うか？

イザベルのゴブリンアーチャーに向けられた右腕。その右手の前に黄色の光の粒子が集まり、鍾乳石のような尖った石が生成される。

ドゥンッ！

生成された石は、軽い衝撃波を放ちながら射出され、今にも矢を放ちそうなゴブリンアーチャーの上半身を消し飛ばした。上半身を失ったゴブリンアーチャーの下半身が、力なく崩れ落ち白い煙となって消える。残るゴブリンアーチャーは二体。

「シッ！」

オレは、両手で構えていたヘヴィークロスボウを投げ捨てると、胸元に装備した投げナイフを左手で一つ摘まみ、手首のスナップをきかせて投擲する。

投げナイフは、松明に照らされた洞窟内を、銀円を描きながら飛ぶ。その先にいるのは、いそいそと弓を構えるゴブリンアーチャーだ。

「ＧＥＨＡ!?」

投げナイフは、まるで吸い込まれるようにゴブリンアーチャーの胸に命中し、突き立つ。その衝撃と痛みからか、ゴブリンアーチャーが矢を取り落とすのが見えた。

これで、残すゴブリンアーチャーは一体。

パシュンッ！

ゴブリンアーチャーが矢を取り落とすのとほぼ同時に、まるでオモチャの楽器のような軽い音が響いた。クロエのライトクロスボウの発射音だ。

「Ｇｕッ!?」

クロエの放ったライトクロスボウのボルトが、弓を構えていたゴブリンアーチャーへと命中する。しかし、倒れない。クロエのライトクロスボウは、速射性を重視したそこまで威力がないものだ。釣りや戦闘のアシストには使えるが、一撃でモンスターを殺るほどの威力がない。

しかし、そんなライトクロスボウでも、最低限の仕事はしてみせた。

ボウンッ！

恐れていたゴブリンアーチャーの矢が、ついに発射される。しかし、ゴブリンアーチャーの矢は、まるで見当違いの方向に飛んでいった。クロエの放ったライトクロスボウのボルト。その衝撃に、態勢を崩されたためだ。

オレの中で、クロエへの称賛が無限に溢れてくる。

さすが、クロエはやっぱり最高だぜ！

クロエの功績を自慢したい気持ちに囚われそうになるが、今は生死を懸けた戦闘の最中だ。悔しいが控えよう。

後でクロエを思いっきり褒めて甘やかそう。

そう心に誓った瞬間だった――。

負傷したゴブリンアーチャーたちのさらに奥、洞窟の先の曲がり角が、にわかに騒がしくなった。

聞こえてくるのは、ペタペタと裸足で洞窟を闊歩するいくつもの音。最悪だ。

「GOBUGOBUGOBU！」

「GEGYAGYA！」

「GOBUGOBU！」

「GEGYA！」

「GOBUUUU！」

「GOBUN！」

洞窟の曲がり角から現れたのは、クロエたちよりも小柄な緑の肌をした人影。ゴブリンだ。

「マジか……」

しかも、その数は十を超え、さらに増えつつある。実に二十近いゴブリンの大集団だ。

「そんな……ッ!?　どうするの!?　ねぇ！　どうするのよ!?」

「あわ、わ……」

イザベルとリディも、ゴブリンたちの大戦力を目視したのだろう。恐慌状態とは言わないが、それに近いほど慌てふためき、オレに詰め寄る。

どうするか？

オレの頭の中には、二つの考えがせめぎ合っていた。つまり、迎撃するか、撤退するかだ。

普通なら、即時撤退を決定する戦力差だ。

撤退というのは、集団行動の中でも、もっとも難しい行動だとオレは思っている。

誰か一人でも、己の命欲しさに逃げ出せば、即座に成立しなくなるほどのシビアな戦いだ。たった一つのミスから、パーティが瓦解することもありえる。息苦しいほどの重圧に耐え抜き、それでも力及ばずに全滅の憂き目に遭うこともしばしば。

そんな極限状態にパーティを放り込むというのは、一つの選択肢として、とても魅力的に見えた。人は、極限状態を耐え抜いた時、著しく成長することを知っているからだ。

ここで、撤退戦という試練を与えるのは、クロエたちの成長につながるだろう。

しかし、クロエたちの心はどうだろうか？

まだ、冒険者としての経験も少ないクロエたち。彼女たちを侮るわけではないが、きっと冒険者としての覚悟も決まっていないだろう。彼女たちは、まだまだ初心者冒険者。それが普通だ。

そんな彼女たちには、この試練は重過ぎるかもしれない。

下手に試練を課して、潰れてしまったら元も子もないからな。

では、迎撃するのかと問われれば、それも難しい。

今のクロエたち『五花の夢』には、あの数のゴブリンたちを殲滅するのは難しいだろう。数とは、シンプルな力だ。個々の能力はこちらが上でも、この数の差の前には、あまりにも無力だ。数の暴力とでも言うべき蹂躙に遭うだけである。

オレがいなければ……な。

オレは、最終的な判断を下すと、大きく口を開く。クロエたちを安心させるように、声がひっくり返らないように、細心の注意を込めて、雄々しさを意識して叫ぶ。

「全員！　目の前の敵に集中しろ！　恐れるな！　敵の援軍は、オレが片付ける！」

こんなオレにも、少しは信頼が築けたのか、浮足立っていた前衛陣の動きが、少しだけ安定したものとなった。

後は、この信頼に応えるだけだ。

「……本当に大丈夫なの？　貴方のギフトは……」

「ん……？」

イザベルの言いかけた通り、オレのギフトは【収納】。戦闘系のギフトではない。

戦闘系のギフトを持っているか否かで、個人の戦力が大きく異なる世界だ。

戦闘系のギフトを持たないオレなど、普通は戦力にも数えられないことが多い。

オレを半信半疑で見上げるイザベルとリディに、オレは意識して笑顔を浮かべてみせた。

「楽勝だ。お前たちも、自分のできることをしろよ」

それだけ言うと、オレは迫りくる二十体ほどのゴブリンの大群を睨み付けた。

オレの新しい能力を見せてやるよ！

「【収納】……」

オレは右の手のひらを突き出し、光さえも吸収しているかのような真っ黒な収納空間を大きく展開する。

「ふぅー……」

そして、深呼吸を一つ。これからすることは、実戦では初だ。今までに何度も確認をしてきたが、本番で上手く作動するか、心配は尽きない。

「ハハッ」

だが、オレは、自分でも不思議なほど、ワクワクしていた。

今まで、戦闘では何も役に立てなかったオレに、このパーティの窮地に役に立てる術（すべ）がある。それだけでオレは、胸が跳ね上がるほど興奮していた。

「GOBUGOBUGOBU！」

「GEGYAGYA！」

「GOBUGOBU！」

「GEGYA！」

「GOBUUUUU！」

「ＧＯＢＵＮ！」

ついに、ゴブリンたちがクロエたち目がけて走り出す。小柄で雑魚なゴブリンだが、これだけ数が揃うと、脅威を感じるな。

オレは迫りくるゴブリンたちに向けた右の手のひらを強く握り締める。

「……放て」

その瞬間――――。

ダダダダダダダダダダダダダダダダダダダダダダダダダダッ！！！

弾けるような暴風雨が木霊する。

その正体は、五十本を超えるヘヴィークロスボウのぶっといボルトだ。

鍛冶師のキールに注文した千本のボルト。オレは、千本のボルトを全てヘヴィークロスボウで撃ち、収納空間で保存していた。

収納空間の中は、時間が停止している。ヘヴィークロスボウで撃ち出され、収納空間に収納されたボルトは、ヘヴィークロスボウで発射された速度、衝撃、破壊力、その全てが保存されている。

それが今、百発弱の豪雨となって、暴風を纏って具現化する。その結果――――ッ！

ダダダダダダダダダダダダダダダダダダダダダッ！！！

ゴブリンたちの手足が、頭が、腹が、砕け、弾け、千切れ飛ぶ。まるで血飛沫のように白い煙が弾け広がり、煙幕でも焚いたかのように視界が白に染まる。

白のカーテンが払われた時、そこには何も残ってはいなかった。

◇

「GEGYA!?」

あたしは、頬に伝う涙をそのままに、ゴブリンの体に浮いた赤い点目がけてスティレットを思いっきり突き立てる。たぶん、ゴブリンの心臓を背中から貫く一撃。

ゴブリンは、ビクリッと体を震わせると、白い煙となって消えていく。

これでようやく一体。でも……。

「GEGYA！」

「GOBUUUUU！」

「GOBUN！」

あたしの目の端に映るのは、洞窟の角道から現れる、数えきれないほどたくさんのゴブリンたちの群れだ。

あたしが、あたしが連れてきてしまった……。

あたしのミスで、こんなにたくさんのゴブリンをリンクさせてしまった。

こんな数のゴブリン、あたしたちじゃ絶対に対処しきれない。

ゴブリンたちは……弱い。

でも、あの数は暴力だ。数に押し倒されて、何もできないうちに踏み躙(にじ)られてしまう。

押し倒されて、ボコボコにされて、その後は……。最悪の想像ばかりが頭を過る。

あたしだけなら、嫌だ。嫌だけど、まだ良かった。でも、あたしのせいでみんなが……。そんなの耐えられない。

あたしは、自責の念に圧し潰されそうだった。

怖くて怖くて、涙が次から次へと溢れてくる。

「助けて……」

あたしは、気が付いたらそう呟いていた。

もう、どうしようもなくなって、あたしは神に縋るように、奇跡に縋った。

お願い。助けて。誰か、助けてよ……。

涙で歪む視界の中、あたしはゴブリンの視線を掻い潜り、震える手でスティレットを強く握り締める。

心が音を立てて軋みを上げ、まさに折れそうになった時——。

「全員！ 目の前の敵に集中しろ！ 恐れるな！ 敵の援軍は、オレが片付ける！」

叔父さんの雄々しい声が、あたしの心を強く掴んだ。折れかけ、崩れかけていた心が、強く補強されていく。叔父さんの言葉が、あたしの心を強くしていく。

いつの間にか、手足の震えが止まっていた。しっかりと前を向いていた。

実際に、叔父さんが何かしたわけじゃない。でも、確かにあたしの心に明かりを灯した。

叔父さんが、戦闘に関してあまり自信がないと言っていたのも覚えている。

でも、叔父さんが任せろって言ったんだ。いつも慎重で、勝てる勝負しかしないと公言している叔父さんが言ったんだ。

あたしは、それだけで信じられる。叔父さんを信じてる。

ダダダダダダダダダダダダダダダダダダダダダダッ！！！

あたしの心の明かりをより確かなものにするかのように、叔父さんが動く。

まるで暴風雨に打たれているかのような爆発の嵐。それは、あたしを通り過ぎて、すぐそこまで迫ってきていたゴブリンたちに降り注ぐ。その瞬間――――。

ゴブリンたちが、弾けた。

まるで体中に爆弾でも取り付けられていたかのように、ゴブリンたちの体が破裂し、爆(は)ぜて、千切れ飛ぶ。

血飛沫の代わりに白い煙を噴き出し、一面が真っ白に染まった。

そして、煙が晴れた時には、ゴブリンたちの姿など、影も形もなかった。

「すご い……ッ!?」

二十体はいたゴブリンの大集団が、一瞬で全滅。

あたしのミスをしたという事実がなくなったわけではないけど、叔父さんは一人で、あたしのミスを帳消しにしてみせた。

「叔父さん、すごい！」

やっぱり、叔父さんはすごい冒険者なんだ！　さすがレベル8冒険者！　さすがはあたしの叔父さん！

あたしは、胸の奥に熱いものが込み上げてくるのを止められなかった。

◇

「ちょいなっ！」

「GUGA!?」

エレオノールと向き合っていたゴブリンウォーリア。その最後の一体をジゼルが背後から斬り倒す。

背中を斜めに斬られたゴブリンウォーリアは、断末魔を上げて、ボフンッと白い煙となって消える。そして、辺りには静寂が訪れた。

数えるのも億劫なほどいたゴブリンたちの群れは、全て駆逐されたのだ。

だというのに、少女たちは真剣な表情を崩さず、武器を構えて洞窟の奥の曲がり角を注視している。

ゴブリンたちの援軍を警戒しているのだ。

オレはその様子に満足感を覚えていた。戦闘が終わった直後というのは、隙が生まれやすい。誰もが、勝利という美酒に酔いたくなる瞬間だ。

今回、次から次へとゴブリンたちの集団に襲われたからだろう。少女たちは、オレが言うまでもしたのだ。

なく、武器を構えて警戒を続けている。戦闘が終わった直後こそが危険だということを、体で理解

「はぁ……はぁ……」

静けさに満ちた洞窟の中に、肩で息をするような吐息が木霊する。少女たちの疲労は、頂点に達しているのだろう。本当は、何もかもを投げ出して、体を休めたいに違いない。

それでも、次の戦いを見据えて、緊張を解かない少女たちに姿には、感動を覚えるほどだった。

「もういいだろう。戦闘終了だ」

オレは、ゴブリンの来援がないことを確認すると、戦闘の終了を告げた。少女たちの緊張が解け、各々が警戒しながらも武器を収めていく。

「はぁー……」

誰かが吐いた深い息が、先ほどまでこの場を支配していた緊張感の強さを示しているようだった。

「ふむ……」

オレは右手で顎の無精ヒゲを撫でながら、今回の戦闘を思い返す。

今回の戦闘を通して、少女たちは幾つも気付きを得ただろう。その気付きは、成長へとつながる大切なものだ。どうか大事にしてほしい。

そして、今回得たものは、少女たちの気付きだけではない。オレ自身が、大きな気付きを得た戦闘だった。

オレは右の拳を強く握り、成功の実感を強く覚える。

「ははっ……」

必死に抑えなければ、大声で笑って、地面を転げ回っていたかもしれない。それほどの享楽をオレは感じていた。

「成功だ……」

ダダダダダダダダダダダダダダダダダダダダダダダダダッ！！！

目を瞑れば、今でも鮮明に思い出すことができる。

激しい破裂音を響かせて登場したのは、目には見えないほど高速で飛翔するボルトの群れだ。オレが一発一発ヘヴィークロスボウで撃ち、収納空間に眠らせておいた凶弾の群れ。

その凶弾の群れが、ゴブリンたちの手足を、頭を、腹を、砕き、弾き、千切り飛ばす。まさに暴力の嵐。

事前に何度も確認したし、こうなるだろうという予想も立っていた。

しかし、実際に実戦で試すのは初めてだった。

パーティメンバーの少女たちには柄にもなく大見得を切ったが、本当は、当然のように緊張したし、喉はカラカラだった。もし、思ったように機能しなかったら……。不安は拭いきれなかった。

ゴブリンたちをボルトの嵐で一掃した時に感じたのは、興奮ではなく安堵だったことをよく覚えている。

よく狙い通り機能してくれたと、オレはいつもは毒気づいていた神様ってやつに、珍しく感謝を捧げたくらいだ。

我がことながら、自分勝手過ぎて笑っちまうな。

今頃、ゾクゾクと熱い興奮と実感が背筋を上ってくる。

意味もなく叫びたい衝動に駆られるが、しかし、ここは努めて冷静になるべきだろう。オレの新しい技〝ショット〟は、まだ一回しか実戦で成功していないのだから。

そんな感慨にふけっていると、ドンッと腹の辺りに軽い衝撃を感じた。

「ねぇねぇねぇ！　アベるんっ！　アレすごかったね！　アレ！　ドバババババーッてゴブリンたちをぶっ飛ばしたやつっ！　アレ何？　ねぇねぇー。教えてよー！」

ジゼルだ。ジゼルがオレの腹に抱き付いて、まるで物をねだる小さな子どものように小刻みにジャンプする。その顔はキラキラの笑みを浮かべて、大きな緑の瞳は、ピッカピカに輝いていた。

頬を薄く赤らめて、潤んだ瞳で上目遣いに見つめてくるジゼル。よほど、興奮しているようだ。

若い娘が、こんなに体を密着させて……。はしたないと思ってしまうオレは、古い人間なのだろうか？

「落ち着けジゼル……」

「これが、落ち着いていられますか！　アレは何よ!?　貴方、あんな切り札を隠し持っていたの!?」

そう言ってオレに詰め寄ってきたのは、スカートにリディをくっつけたイザベルだ。

「別に、隠してたわけじゃねぇが……」

「まぁまぁイザベル。おかげで助かったではないですかぁ」

オレに詰め寄るイザベルを、どうどうと諫めてくれたのは、まだ肩で息を弾ませているエレオノールだった。

「でも、エル！　あんな切り札があるなら、事前に共有してくれてもいいと思わないかしら？」

「いや、それは……」

確かに、イザベルの言う通りなのだが、一度も実戦で使ってないものを共有して、いざという時使えなかったら無意味だ。せめて一度は成功してから、ちゃんと選択肢に加えたいところがあった。

今回はぶっつけ本番になってしまったが、イザベルの言う通り、事前に皆に周知しておいた方が良かったかもしれない。

「まぁまぁ。アベルさ……んにも、敢えてわたくしたちに伏せることを選んだ狙いがあるでしょうしぃ……」

エレオノールがオレの援護をしてくれるが、オレはそんな狙いなど考えてもいなかった。

「あははは……」

とりあえず、オレは笑って誤魔化しておくのだった。

「まぁ、お疲れさん、皆よくやった！　モンスターリンクを処理できるとはな。誇っていいぞ」

オレの言葉に一名を除いて顔を綻（ほころ）ばせる。いい傾向だな。オレに褒められることを素直に喜んでいる。できればこのまま真っすぐ育ってほしいものだ。

そして、オレの言葉を聞いて逆に落ち込んだ表情を見せたクロエには注意が必要だな。おそらく、モンスターを大量にリンクさせたことを気に病んでいるのだろう。

クロエが落ち込んでいるだけで、オレも心まで曇ってしまったかのように暗くなる。

主にシーフが担う役割に斥候と釣りがあるのだが、洞窟で釣りと言われても疑問を浮かべる人間もいることだろう。この場合の釣りとは、モンスターを仲間が確保した安全地帯まで誘導することを指す。今回は、クロエがその役割を担っている。

ここ『ゴブリンの巣穴』では、ゴブリンが六体程度のパーティを組んでいることが多い。一気にゴブリンのパーティを幾つも殲滅する力があるなら別だが、普通は一パーティずつ相手をしていく方が楽だ。なので、釣り役は一パーティずつゴブリンを連れてくるのが理想だ。

しかし、ダンジョンのモンスターは、基本的に侵入者を見たら一目散に襲ってくるが、侵入者を見つけたモンスターが上げる声に寄ってくる場合もある。今回ゴブリンが二パーティも襲ってきたのは、これが原因だ。これをリンクと呼ぶ。

釣り役は、なるべくリンクさせないように気を付けながらモンスターを釣るのが鉄則だ。しかし、どんなに気を付けてもリンクというのは発生するものでもある。冒険者パーティには、挑戦するダンジョンのボスを討伐できる実力はもちろん、リンクした場合も対処できるほどの戦力が求められるのだ。

「クロエ、気にするな。リンクってのはどんなに気を付けていても起こるもんだ。むしろ、今回はいい戦闘訓練になったから感謝しているくらいだぜ？　オレも新しい能力を確認できたしな」

オレは、敢えてなんでもないことように軽く言ってのける。クロエたちはまだ初心者だ。失敗は誰にでもありえる。一番の問題は、クロエが釣り役を怖がってしまうことだ。

「でも、でも……。あたしのせいでみんなが……」

「ああ。確かに危なかったかもな」

オレはクロエの言葉を頷いて肯定する。クロエの目尻にじわりと涙が浮かんだのが見えた。

クロエにこんなことを言うのは、心が痛い。だが、クロエの成長を考えれば、苦い言葉も投げなければいけない。

考えるだけで頭がおかしくなりそうだが、たとえクロエがオレを嫌ったとしても、オレはクロエの成長を優先するつもりだ。

「ちょっと貴方！」

イザベルがオレを責めるように声を荒げる。オレは、イザベルに手のひらを向けて制止した。

「でもな、クロエ。オレたちは冒険者だ。これくらいの危険なんて日常茶飯事だぜ？　こんなことで泣いてたらキリがねぇぞ。それにな、リンクが起こるのも想定済みだ。オレはリンクが起きてもオレたちなら対処できると踏んだんだ。だから、リンクしても気にすんな。オレたちなら大丈夫だ」

「でも……」

クロエはまだ俯いたままだ。やれやれ。ちと狡い言い方になるが……。

「クロエはオレたちが信頼できねぇか？　オレたちはモンスターがリンクした程度で負けちまうほど弱いのか？」

「ち、ちがっ！」

クロエがバネ仕掛けのオモチャみたいに勢いよく顔を上げ、オレの言葉を否定した。

「だったら、オレたちをもっと信じてみろよ。現に、オレたちはリンクに遭っても全員無事じゃねぇか。お前はもっと仲間を頼っていいんだ」

「頼る……」

クロエの視線がぐるりと仲間を巡る。

「そうですわ。わたくしがゴブリンアーチャーの意識を引き付けることができたら、イザベルたちが危ない思いもせずに済みましたもの。これはわたくしの反省点ですね。もっとクロエに頼っていただけるようにがんばりますわ」

「そういうことなら、あーしがシュババッとゴブリン倒せれば全部解決だし！　あーしもクロクロに頼ってもらえるようにがんばる！」

「私が魔法で一掃できれば良かったのよね……。これはクロエだけが気に病む問題じゃないわ。皆、それぞれ改善するべき点がありそうね」

「みんな……」

エレオノール、ジゼル、イザベルたちの言葉を受けて、クロエの瞳に確かな意思の輝きが宿る。

「各々課題も見つかって良かったじゃねぇか。オレから見れば、お前らはまだ尻に殻の付いてるひよっこだ。改善点や未熟な点も多い。だが、逆に言えばその分伸びしろ大きいってこった。つまんねぇことでしょげてる時間があるなら、上を見ろ、自分を磨け。お前らには無限の可能性がある」

「「「「はいっ！」」」」

「……」

皆が元気に返事をする中、一人だけ下を向いてる奴がいた。リディだ。これは後で話を聞かねぇとな。まったく、リーダーなんて柄じゃねぇんだが……。

「んじゃ、先に進むか。さっさとボスを倒しちまおう」

オレは後頭部をガリガリ掻きながら前へと足を進めた。

「さて、そろそろ行くか」

「「「「はいっ！」」」」

立ち上がって土に汚れた尻を叩きながら言うと、少女たちの元気な返事が返ってくる。これが若さってやつかなぁ。エネルギーに満ちた声だ。

パーティのリーダーをやれなんて言われた時にはどうしようかと思ったが、皆、聞き分けのいい素直な娘たちで安心している。このまま真っすぐ育ってほしいもんだ。

「一応聞くが、わからなかったところはないか？」

これからこのダンジョン『ゴブリンの巣穴』のボスに挑戦する。今、ボスの特徴を伝え、作戦会議が終わったところだ。今回は、敢えてオレ抜きで作戦を考えてもらった。リーダーだからとオレが決めちまう方が楽だし早いが、それだと少女たちの考える力を伸ばせない。

オレの目標としては、いつか少女たちだけでパーティを回せるようになるのが理想だ。いつか、オレという補助輪（ほじょりん）を必要としなくなる日が来るだろう。そうじゃなくても、年齢的な差がある。おそらく、冒険者を辞めるのはオレが一番最初だ。その時に、心配事なく少女たちをダンジョンに送り出せるようにしなくちゃいけねぇ。

姉貴との約束もあるし、そこまで育て上げなくちゃな。

オレはクロエをはじめ、エレオノール、ジゼル、イザベル、リディと少女たちの顔を順に確認していく。皆、僅かな不安を決意に変えて、意志を持ってオレを見つめ返してきた。コイツらならやってくれるだろう。そう信じさせてくれる瞳の輝きだ。

まぁ、こう言っちゃ悪いが、相手はレベル2ダンジョンのボスだからな。たぶん勝てるだろう。一応用心はするがね。

「じゃあ、行くとすっか」

オレはクロエたちの不安を吹き飛ばすために敢えて軽く言うと、ダンジョンの奥へと歩き出す。

既にクロエがボスの存在を確認している。しばらく人が来てなかったみたいだし、ボスがポップしていてもおかしくないだろう。それでなくても低レベルダンジョンのボスのリポップは早いしな。

オレたちは、パーティの盾であるエレオノールを先頭にボス部屋へと向かうのだった。

「ふぅー……」

最後の曲がり角で一度深く呼吸をしたエレオノールが、こちらを振り返る。その綺麗な青い瞳には迷いや恐怖の色は浮かんでいない。真っすぐと仲間たちを順番に見て、最後にオレを見つめる。パーティのリーダーであるオレの許可を待っているのだろうか。オレはエレオノールに頷くことで返した。

「ふぅー……はぁー……」

エレオノールが目を瞑って一度深く息を吸うと、大きく息を吐き出す。なんだか見ているオレまで緊張してくる動作だ。

エレオノールがパチリとその大きな目を開き、口も開く。

「行きますわよっ！」

エレオノールが大声を張り上げて、ガシャガシャと金属の擦れ合う音を響かせながら、曲がり角から一気に躍り出す。戦闘開始だ。オレたちはエレオノールに続いて、声も出さずにボス部屋へと侵入した。

狭い土の通路から、石畳の大部屋へと一気に景色が様変わりする。急に広がった視界に映るのは、三体の人影だ。

パッと見たところ、これまで飽きるほど見てきたゴブリンの姿。しかし、その装備は格段に良くなっている。三体のゴブリンが、それぞれ大剣、片手剣の二刀流、両手槌（りょうてづち）と、棍棒ではないしっかりとした作りの明確な武器を持っていた。そして、良くなったのは武器だけではない。防具もだ。貧相な腰巻などではない。三体のゴブリンは、革の防具をその身に纏っていた。補強された金属の輝きも見える。その姿は、一端の戦士のようだ。

しかし、三体のゴブリンたちをよく見れば、もっと明らかな違いにも気付けるだろう。このゴブリンたちは、デカい。オレの股くらいまでしかなかった今までのゴブリンとは一線を画すその大きさ。優に倍はあるだろう。オレと同じぐらい大きい。そして、逞（たくま）しい。その革の装備がはち切れそうなほど筋肉が盛り上がっている。コイツらはもうゴブリンとは呼べないほど、まるで別のモンスターだ。

ホブゴブリンウォーリア。レベル2ダンジョン『ゴブリンの巣穴』のボス。

オレは、素早く両手に抱えたヘヴィークロスボウの先端を両手槌を持ったホブゴブリンウォーリアへと向ける。慣れ親しんだ動作だ。狙いを付けるのは一瞬。後は引き絞るようにトリガーを引く。

ブォンッ！！

これまた慣れ親しんだ音が耳朶を打つ。巨大な獣の唸り声のようなヘヴィークロスボウの咆哮（ほうこう）だ。

そして次の瞬間には、両手槌を持ったホブゴブリンウォーリアの頭が、白い煙を漂わせながらザクロのように弾ける。

一瞬にして頭部を失ったホブゴブリンウォーリアは、両手槌を構えたまま膝から崩れ落ちた。そして、地面に倒れた直後にボフンッと白い煙となって、その装備ごと消え果てる。その跡には、まるでホブゴブリンウォーリアなど最初からいなかったかのように、何も残っていなかった。

ふむ。これでオレの仕事は終わりだな。

最初からオレはボスを一体倒し、残りの二体はクロエたちに任せる手筈（てはず）だ。まぁ、何かあった時のために、すぐ介入できるようにはするがな。

さぁ、クロエたちのお手並み拝見だ。

オレは撃ち終わったヘヴィークロスボウの弦を巻き上げながらクロエたちへと視線を送った。

「やぁあああああああああああああ！」

ガチャガチャと金属の擦れる音を響かせて、エレオノールが残ったホブゴブリンウォーリア二体へと駆けていく。豊かな金髪を後頭部で纏め上げ、駆けていくその後ろ姿には、恐怖の感情は見えない。きっとその心の中には不安もあるだろう。しかし、パーティの盾役であるタンクがビビってたら話にならない。エレオノールには、虚勢でもいいからどんな時でも胸を張れと言ってある。エレオノールは、健気（けなげ）にもその言いつけを守っていた。

「トロワル！　ストーンショットッ！」

エレオノールと中央のホブゴブリンウォーリアがぶつかるその刹那に響いた声がある。イザベルだ。イザベルが己の契約している精霊に命じて魔法を行使する。前に向けられたイザベルの右の手のひらの先に淡い黄色の光が集まり、まるで巨大な釘（くぎ）のような石が生成された。

ドゥンッ！

石は空気が爆ぜるような音を響かせると、目には捉えられない速度で射出される。その向かう先はイザベルの掲げた右手の先。左のホブゴブリンウォーリアだ。

ドゥオオオン！！！

断末魔の声を上げる暇さえ与えず、ホブゴブリンウォーリアの上半身が消し飛ぶ。石はホブゴブリンウォーリアを貫通し、それでも止まらず、ボス部屋の壁に当たって大きな音を立てた。

これで残すところはホブゴブリンウォーリア一体のみ。

あっという間に二体の仲間が屠られたホブゴブリンウォーリアは、しかし、冷静だった。腰から二本の剣を抜き、左右の手に剣を持ち、エレオノールを迎え撃つ。

二刀流。なかなか経験できない戦闘スタイルだ。いい勉強になるだろう。

「せぁあぁっ！」

エレオノールが裂帛の気合を込めて剣を振り下ろす。後先など考えていないと言わんばかりの大振りだ。確かに威力は十分だが、それは当たればの話。

キュインッ！

冷たさすら感じさせる音と共に、エレオノールの剣はホブゴブリンウォーリアの剣によって、その軌道を逸らされてしまった。さすがはボスといったところか、レベル2という低レベルダンジョンのモンスターにしては技量が高い。

ホブゴブリンウォーリアは、二刀流だ。エレオノールの剣の軌道を逸らすために左の剣を使ったが、まだ右の剣が残っている。

対するエレオノールは、大振りで剣を振ったことが災いし、体勢を大きく崩していた。残った盾は、剣を振るために横に開かれており、胴体ががら空きになってしまっている。死に体だ。ホブゴブリンウォーリアにとって、後はもう煮るなり焼くなり好きにできる状況。

その隙を見逃さず、ホブゴブリンウォーリアの右の剣が動く。その先はエレオノールの首筋を狙っていた。しかし――。

「ちょえいっ！」

エレオノールの後ろから飛び出た人影があった。奇抜なかけ声と共に、鋭い突きがホブゴブリンウォーリアを襲う。ジゼルだ。エレオノールの背後に隠れるように駆けていたジゼルがその姿を現したのだ。

ホブゴブリンウォーリアには、まるで魔法のように突然ジゼルが現れたように見えたことだろう。エレオノールが白銀に輝く鎧と盾で視線を集め、背後にいるジゼルの姿を隠し、ジゼルによる奇襲攻撃を成功へと導いた。

エレオノールが無理な大振りを繰り出したのは作戦のうちだ。そして、生まれるであろうエレオノールの隙を狙って攻撃を繰り出すホブゴブリンウォーリアをジゼルが仕留める。攻撃の最中というのは、実は一番の隙である。勢いの付いた体は、そう簡単には止められない。

「Gaッ!?」

しかし、ホブゴブリンウォーリアは、辛くも右の剣でジゼルの剣を受け止めた。奇襲失敗。作戦失敗か？　否。その隙に、エレオノールが崩れた体勢を戻すように流された体を引き戻す。

「やぁあっ！」

そして生まれるのは、全身をバネのように使った強烈な斬り上げだ。

ガキンッ！

先ほどのような澄んだ金属音ではない。金属同士が激しくぶつかり合う音が響き渡った。ぶつかり合いを制したのはエレオノールだ。エレオノールの剣が高々と掲げられ、対するホブゴブリンウォーリアは左手の武器を失くし、その胴に深い一筋の傷を負っていた。遅れてカランカランッとホブゴブリンウォーリアの剣が石畳の床に転がる音が届く。

「せいやっ！」

ここが攻め時と思ったのだろう。ジゼルが前に出てホブゴブリンウォーリアの首へと一閃する。

「ッ⁉」

言葉にならない声を上げて、ホブゴブリンウォーリアはのけぞるようにジゼルの剣をかわすと、そのまま大きく後ろへと跳躍した。形勢不利と判断したのだろう。一度立て直すために距離を取ったのだ。

しかし……。それもエレオノールたちの手のひらの上で踊っているに過ぎない。

ドスッ！

そんなに大きな音ではないだろう。しかし、その何かを深く突き刺すような音は、不思議なほど大きく耳を打った。

驚きの表情なのか、ホブゴブリンウォーリアはその目を限界まで見開き、白い煙となって消えていく。そうして現れるのは、クロエの姿だ。ホブゴブリンウォーリアの後退した先に待ち構えていたクロエが、背後からホブゴブリンウォーリアを襲ったのだ。

白い煙の向こうから姿を現したクロエは、腰を落とし、真っすぐ両手で大きな針のような短剣を突き出していた。スティレット。オレがクロエに贈った、突き刺すことに特化した刃のない短剣だ。

普通なら、スティレットを扱うには熟練の技が必要になる。人もモンスターも、体に多少穴が開いたところで即死したりしない。案外しぶといものだ。それが死や痛みを恐れぬダンジョンのモンスターともなれば、普通に使ったところで反撃に遭うだけだ。

スティレットを十全に扱うには、相手の急所を的確に突く必要がある。

しかし、相手が人間ならまだしも、相手が異形のモンスターとなれば、どこが急所かわからないのはままあることだ。それ故に、スティレットは十分な知識と技が必要な玄人向けの武器となっている。

だが、技はともかく、知識の方は、クロエのギフト【痛打】があれば問題ない。

クロエのギフトは、相手の急所が赤くなって見えるというものだ。実際にクロエに殴られたことがあるオレが断言するが、おそらく急所に攻撃がヒットした際、ダメージにボーナスを得る効果もあると思う。

さすがは、クロエだ。素人には普通無理なことを平然とやってのける！　かわいい顔してやってることはエグいエグい。惚れちまうぜ！

ギフトは、成人した際にギフトの名前と共にギフト効果の説明が頭に入ってくるのだが、その説明は本当に簡単な、概要とも言えないような一言の説明しか貰えないのが普通だ。ギフトの詳細な効果を知りたければ、教会に高い金を払って調べてもらうしかない。まぁ、【ギフト鑑定】の持ち主なんて滅多にいないから難解な言葉で煙に巻かれるだけだが。

だから皆、手探りや自分の直感を信じてギフトの能力を使っているわけだが……ギフトは成長する。

ギフトが成長すること自体は喜ぶべきことなのだが、自分の知らない間にギフトに新しい能力がプラスされていることもあるのだ。ギフトの成長が早い冒険者なんて、そのほとんどが自分のギフトの本当の能力を知らないとまで言われている。

実際に、自分のギフトに関して新しい発見をしたばかりだ。オレも自分のギフトの詳細な能力を知らない。金で解決する問題なら簡単なんだが、あいにくと、この冒険者の聖地とまで呼ばれる王都でも【ギフト鑑定】のギフト持ちはいないからな。自分のギフトは自分で探るしかない状況だ。

オレも自分のギフトの新たな可能性にも気付けたし、これからはパーティのリーダーとしてメンバーのギフトの詳細も探っていかないとな。

まぁ、今はそんなことよりダンジョンボスの討伐を祝福しよう。褒めて伸ばす作戦だ。

「皆よくやった！　怪我もしてねぇみたいだし、余裕があったな。さすがはレベル2ダンジョンを二回も制覇していることだけはある」

クロエは得意そうに胸を張り、他のメンバーも一人を除いて顔を綻ばせる。いい調子だな。オレに褒められて喜んでいる。それだけオレに心を開いてるってことだ。クロエ、エレオノール、ジゼル、イザベルの四人については順調だが、リディに対しては苦戦を強いられている。

リディ。その身に着けている白地に青のラインが入った修道服が示す通り、【小さな癒し手】という治癒の奇跡のギフトを授かった少女だ。リディは嬉しいような悲しいような、複雑な感情が入り交じった顔を浮かべている。

おそらくだが、仲間の活躍を祝福しつつも、力になれない自分を卑下しているのだろう。オレにも覚えのある感情だ。オレも荷物持ちしかできず、戦闘で役に立てないことにどれだけ心を苛まれたか……。

しかし、マジックバッグという上位互換があるオレとは違い、リディにはパーティでは唯一無二の治癒の奇跡というギフトがある。今は余裕を持たせて低レベルのダンジョンを攻略しているから出番がないが、いざという時は彼女の力が必要不可欠になる。

まぁ、リディの活躍する機会は味方が怪我した時だ。本当なら、怪我しないに越したことはねぇから、リディの活躍なんてない方がいいのだ。そのことを本人がわかってくれればいいが……。

「リディ、お前はお前の役割を十分に果たせている。だから、そんなしょげた顔をするなよ」

「ん……ッ!?」

オレは気が付いたらリディの頭を撫でていた。丁度撫でやすい位置に頭があったからつい……な。

「ん〰〰〰……」

手を振り払われるかと思ったが、リディは難しい顔を浮かべて唸っているだけだ。これはどう受け取るべきだ？　まぁ、振り払われないうちに撤退するか。

「ぁ……」

リディの頭から手を離すと、リディから小さく声が漏れるのが聞こえた。そして、今度はオレを上目遣いで見上げてくる。かわいい。確かにかわいらしいが、何を思っているんだ？　オレにはリディの考えが読めなかった。

考えあぐねていると、リディは小さくため息をついて、イザベルの方に駆けていく。そして、イザベルのスカートに抱き付くと、オレを振り返ってジーっと見ていた。

わからん。リディの考えがわからん。いやまぁ、オレみたいな独身の男が女の子の感情を読もうというのが、そもそも間違いなのかもしれん。女心は男には理解不能だ。

「で、だ」

ダンジョンのボスであるホブゴブリンウォーリアを討伐できたことをひとしきり褒めた後、オレは『五花の夢』のメンバーの顔を見ながら口を開く。

「ボスを攻略できたわけだが、気を抜くなよ？　帰り道もあるからな」

ダンジョンってのは、ボスを倒せば制覇したと思われがちだが、実はまだようやく折り返し地点を過ぎただけだ。帰りもあるからな。王都に帰り着くまでがダンジョン攻略だ。

そして、この帰り道というのが一番危険だったりする。一度は通った道という油断。ボスを倒せたのだから、後は楽勝だろうという慢心。こいつが厄介だ。正確なところはわからねぇが、ボス討伐に成功しても、帰り道でヘマする奴は意外と多いらしい。オレも何度かそういう輩(やから)の成れの果てを見たことがある。

「んでだ。一度ダンジョンの入り口に戻って、キャンプの準備だ。そして、明日はもう一度このダンジョン潜るつもりだ。入り口近くには川が流れてるし、食料も大量に持ってきた。予定通り、十日ほど潜るから覚悟しておけ」

「少しいいかしら？」

胸の下で手を組んだイザベルが声を上げる。オレは頷くことでイザベルに続きを促した。

「一度決まったことを後からひっくり返すつもりはないけれど、それは私たちにとって本当に必要なことなの？　確かに貴方の援護はあったけれど、私たちは傷一つなくダンジョンのボスも攻略できたわ。自惚(うぬぼ)れてるわけじゃないの。ただ疑問なのよ。私たちは十日もこのダンジョンに潜り続ける必要があるほど未熟なの？　私たちの実力は、貴方のお眼鏡には適わなかったかしら？」

「いや、お前たちの実力に関しては、期待以上のものだった」

「そう。それなら、期間を縮めても良さそうなものではないかしら？」

ふむ。イザベルにとって、このダンジョンで得るものは少なかったのだろう。十日もこのダンジョンに潜ることを疑問視している。まぁ、直接相手と殺し合うわけじゃない後衛としては、あまり得るものがなかったのも頷ける。今回は前衛陣の強化が目的だからな。

「ぶっちゃけると、今回のダンジョン攻略では、イザベルの成長という点はあまり気にしていない。主な目的は、クロエ、エレオノール、ジゼルの三人の強化が目的だ。パーティの生命線は、前衛にあるからな。前衛がしっかりしてれば、後衛が下手でもパーティは保てるが、逆は無理だ」

よっぽどの実力差がない限り、前衛という盾のない後衛なんて袋叩きにされて終わりだからな。

「クロエとエレオノール、そしてジゼルも、実際にモンスターと剣を交えたお前たちはどう感じた？」

オレの投げかけた質問に、最初に口を開いたのはクロエだった。

「あたしは……もうちょっとここで練習したいかも。釣りでもリンクさせちゃったし、戦闘でもあんまり倒せてないし、叔父さんやイザベル、リディも護れなかったし……」

そう言ってどんどん肩を落としていくクロエ。彼女は失敗にしか目が行っていないようだが、いいところもたくさんあった。

「釣りのリンクは仕方がない部分もある。名うてのシーフにも絶対リンクさせないなんて無理だからな。それに、ボスを仕留めた最後の一撃は良かった」

「ほんと……？」

不安そうに尋ねてくるクロエに、オレは大きく頷くことで答える。あぁ、クロエ……。なんでお前はそんなにかわいいんだ。うっすらと涙に濡れた黒曜石のような瞳は、オレの心を掴んで離さない。

クロエのかわいさを知らしめたい！　全世界に！

オレは今にも叫びたい気持ちが昂るが、必死に抑え付ける。残念だが、パーティの中で、クロエ一人を特別扱いするわけにはいかないからな。

「本当だ。あれこそシーフの理想の一つの形だ」

「でも、あれはエルやジゼルが追い詰めてくれたからで……あたし一人じゃ倒せない……」

「それでいいんだよ」

「え……？」

クロエが疑問の声を上げたのが耳に届く。まぁ、確かに一人でモンスターを倒せるに越したことはない。だが、クロエにはもっと大事な役割がある。

それに、クロエがボスを倒せたのは、エレオノールやジゼルのおかげだと、ちゃんと理解しているのもいい。クロエは、パーティの連携の重要性をわかってるってことだからな。ないだろうと思っていたが、もし彼女が自分一人の手柄だと言い始めたら、頭にゲンコツしてでも考えを改めさせる必要があった。

「それでいいんだ、クロエ。お前のギフトは奇襲や不意打ちでこそ輝く。エレオノールやジゼルみたいにモンスターと真正面から戦う必要はない。わざわざエレオノールが、ピカピカの鎧を着てモンスターの注意を引いてくれているんだ。それを上手く使うんだな」

クロエには健気なことに「後衛のことを体を張って護らなきゃいけない」という考えがあるようだが、そんなことはエレオノールに任せておけばいい。そして、モンスターの注意がエレオノールに向いた時が勝負だ。気配を消して敵の死角に潜り込み、致命の一撃を見舞う。確実に一体ずつ敵を減らしていく。それがクロエの役割だ。

今はまだ低レベルダンジョンだから本人の実感も薄いかもしれないが、死神のようなクロエの存在は、モンスターの強さが上がれば上がるほどありがたく感じるだろう。

「エレオノールやジゼルはどうだ？　このダンジョンをどう感じた？」

「では、まずはわたくしからお話しします。それと、わたくしのことはエルと呼んでいただいて構いませんわ」

エレオノールがオレを見てニコリと微笑んだ。

「んじゃまぁ、エルって呼ばせてもらうわ。名前を呼ぶ時は短い方がいいからな」

「ええ」

エレオノールがまるで花の咲いたような笑顔を見せる。これは一応エレオノールに認めてもらえたってことかね？　可憐な少女であるエレオノールにどんな変化が訪れたのか、おっさんのオレにはわからん。

「わたくしもクロエに同意いたします。確かに、わたくしは怪我をしていませんが、それはこの装備とギフトのおかげです。何度かゴブリンの攻撃を受けてしまいましたわ。相手の武器が棍棒だから怪我をせずに済みましたが、あれがもし剣や斧だったら……。わたくしは己の未熟を痛感いたしました。このダンジョンには潜る価値があります」

エレオノールの謙虚な姿勢に、オレは感動すら覚えていた。新成人ってのは、どいつもこいつも己のギフトの力を過信しがちだが、エレオノールは違うらしい。

「それに、ボスのホブゴブリンのこともあります。今回はジゼルと二人で一体のホブゴブリンを相手にしましたが、この先、わたくし一人で複数体を相手にする機会もあると思います。ですので、まずはここのホブゴブリンを上回る実力を身に付けなくてはなりません」

オレは頷いてエレオノールの言葉を肯定する。

「そうだ。脅かすわけじゃねぇが、レベル4のダンジョンは、ここのボスよりも強いモンスターが徒党を組んでダンジョンを徘徊してやがる。まずはここのホブゴブリンを超えるってのはいい目標だ」

「ありがとうございます」

エレオノールが柔らかい笑顔を見せ、その紺色のロングスカートを摘まんで持ち上げると、ちょこんと膝を曲げる。カーテシーか。主に貴族の女がやる作法だ。まぁ、それを真似て礼儀作法を学べるような裕福な家の女もやるがな。

エレオノールの場合は後者だ。実家が『オットー商会』という大店だからな。

「ジゼルはどうだ？」

「あーし？」

残ったジゼルに話を向けると、ジゼルは何かを思い出すように視線を上げて話し出す。

「あーしはもうゴブリンはいいかなー。一撃で倒せるし」

オレはジゼルの言葉を自惚れだとは思わない。ジゼルのギフトは【剣王】。剣技の習得、成長が早くなるギフトだ。俗に剣士系と呼ばれることもあるギフトだが、その中でもかなり上位の希少で強力なギフトだと聞いている。

ジゼルは、たった一度このダンジョンに潜っただけで、ダンジョンに適応してみせたのだ。

「でも……」

そんなジゼルが、眉を寄せて不機嫌そうな表情を見せる。

「あのボスのホブゴブリンは別かも。完璧なタイミングで不意打ちしたのに防がれるし……」

エレオノールの背中に隠れて、狙いすまして放った一撃を、ホブゴブリンに防がれたのが気に食わないらしい。

「そうだな。お前はまだこのダンジョンで成長の余地がある。ゴブリンはなるべく早く片付けるように心がけろ。最終的には、ホブゴブリン相手に一対一で勝てるようになってもらう」

「りょっ！」

本当にわかっているのかいないのか、ジゼルは元気な声でニコッとオレに答えた。まぁ、このダンジョンを周回するのに反対というわけじゃないからいいか。

「そういう訳だ。早く先に進みたいイザベルにはわりぃが、今回は前衛陣の強化が目的だからな。もうちょっと付き合ってくれ」

「早いに越したことはないけど、エルたちが必要と感じているんですもの。いくらでも付き合うわ。リディもそれでいい？」

「んっ……」

オレは頷くリディの姿を見て安堵する。後衛組にも今回の目的を理解してもらえて何よりだ。

「まぁ、せっかく王都の外に出たんだしよ。ダンジョンを出たら模擬戦でもやるか。その時はイザベルとリディにも参加してもらうつもりだ。ちったー得られるものがあるだろうよ」

「そう。期待しておくわ」

イザベルの涼しげな顔を見て思わず苦笑が漏れる。あまり期待はしてなさそうだな。

確かに、オレは魔法を使うことができないが、今までたくさんの魔法使いを見てきた。根本的なことは教えられないだろうが、小手先のテクニックなら多少教えることができるだろう。

しかし、精霊魔法となると人間の使い手なんてかなり珍しいからな。オレもあまり情報を持っていない。ここは生まれながらにして精霊魔法の使い手であるエルフかドワーフに教授してもらった方がいいかもしれない。

「エルフか……」

キールにでも聞いてみるか？

「んじゃまぁ、全員の賛同を得ることができたし、しばらくはこのダンジョンを周回するぞ。お前たちの成長が早ければ、早めに切り上げることもある。がんばれよ」

「「はいっ」」

「あいさー」

「わかったわ」

「んっ……」

返事にも個性が出るのか、てんでバラバラだが、彼女たちが同じ方向を向いているのが伝わってきた。彼女たちは、真剣に強くなることを望んでいる。オレが、少しでも彼女たちの成長の糧になれればいいんだが……。

「じゃあ、帰るぞ。帰り道は特に気を付けろよ。油断大敵だ」

第六章　研鑽(けんさん)と卒業試験

あの後、無事にダンジョンから出て数日。オレたちは毎日ダンジョンに潜り、暇を見つけては模擬戦をしていた。

「おらおらどうしたー？　守ってるだけじゃ勝てねぇぞ？」

「くっ……！」

オレが無造作に振り下ろした剣を、エレオノールが剣で受け止めた。ふむ。最初に比べると防御はできるようになったが、攻撃に転じるまでにはいかないな。オレの剣を受け止めるのに精一杯といった感じだ。攻撃を受け流したり、回避できたりすりゃ、ちったー違うんだが、なかなか上手くできないみたいだな。

「よっと」

オレは敢えて剣を大振りにして隙をさらす。エレオノールはこの隙に反応できるか？

「ッ！」

エレオノールが一瞬遅れて反応する。その右足を前に踏み出し、ついに攻撃へと転じた。

「はぁ！」

エレオノールが選んだ攻撃は、剣による突きだ。狙いはオレの心臓。ちゃんと剣を横に寝かせて、あばら骨をすり抜けようと努力している。急所ではあるが的の小さい喉を狙わないあたり、自分の未熟な実力をわかっているのだろう。

ジャリッ！

横に大きくサイドステップすると、足元から砂利の弾ける音が耳を打つ。近づきつつあったエレオノールの顔が驚愕に歪むのがわかった。

「ッ!?」

エレオノールが息をのむ音が真横から聞こえる。エレオノールの渾身（こんしん）の突きを、オレはサイドステップ一つすることで軽々と避けてみせた。

エレオノールとすれ違う瞬間、オレは大きく振り上げた剣をエレオノールの尻へと振り下ろす。

もちろん手加減して剣の腹で打つだけだ。

バシンッ！

「あんっ……んっ……」

予想外の衝撃だったのか、エレオノールが妙に艶のあるおかしな声を上げて転びそうになり、なんとか踏み止（とど）まる。そして、なぜか顔を赤くして眉を下げた困ったような表情を浮かべながらこちらを振り返った。

「転ばなかったことは褒めてやる。後は、ちゃんとオレの作った隙に反応したこともな。だが、お前には攻め気が足りねぇな」

「はい……」

「エル、お前のギフトは【強固】だろ？　その防御力活かせ。お前のギフトなら素肌でもオレの剣を受け止めることができるはずだ。ギフトの力を過信しないところはお前の長所だが、同時に短所でもある。もうちょっとギフトの力を信じて冒険してみろ」

「はい！　ご指導ありがとうございました！」

エレオノールが深く頭を下げ、オレの前からクロエたちの方へ下がっていく。

「次は誰だ？」

「あーい！」

元気よく手を挙げたのは、黒地に赤のラインが入った皮鎧に身を包んだジゼルだ。次の相手はジゼルか……。オレも本気を出さないとな。

ジゼルはこの模擬戦を通して、一番成長している期待株と言えるだろう。その成長速度は、オレも舌を巻くほどだ。さすがは【剣王】のギフト保持者。これが噂に聞く剣術の習熟速度上昇の効果だろう。単純だが強力なスキルだ。

「今日こそおじさん倒しちゃうんだからねっ！」

ジゼルの強気な猫の目のような緑の瞳が、真っすぐにオレを捉える。相変わらず強気な奴だ。それでいて愛嬌（あいきょう）もある。ふと浮かんだワードだったが、猫というのはジゼルを表現するのにピッタリな言葉かもしれないな。コイツは性格も猫のように気まぐれだ。

「まだまだ負けるわけにはいかんな」

近いうちにジゼルの実力はオレを凌駕するだろう。しかし、まだその時ではない。

「来い！」

オレは気合を込めてジゼルを迎え撃つのだった。

「いいかリディ？　お前に教えているのは棒術だが、正式な棒術ってわけじゃねぇ。相手を倒すことじゃなくて、自分の身を守ることを念頭に置いた護身術みたいなもんだ」

「んっ……」

リディがコクリと無表情で頷く。普通なら不機嫌に見えるかもしれねぇが、オレにはリディの顔がほんのりと真剣味を帯びていることがわかる。リディは元々表情の変化がそこまで顕著なわけじゃないが、一緒にキャンプするうちになんとなく顔色が読めるようになってきた。

「リディ、お前は治癒の奇跡を持つパーティの生命線だ。お前は絶対に死ぬことを許されない。時には味方を犠牲にしてでも生き残る必要がある」

オレの言葉に、リディの眉が微かに動いた。その整った顔立ちのおかげか、その小さな背丈のせいか、まるで童女のようなかわいらしさを感じるが、これはリディの怒っている顔だ。おそらく、味方を犠牲するという部分に怒っているのだろう。リディは無口な奴だが、口にしないだけでパーティメンバーを思いやっていることがわかる。

そんなリディに仲間を見捨てろというのは酷か。リディに棒術を教えるのはいいが、最近のリディは自信をつけてきたのか、前線に飛び出るようになってしまった。前衛陣のように敵と直接戦って活躍したいのだろう。

今はまだレベル2のダンジョンだからリディの付け焼き刃な棒術も通用するが、この先はそうもいかない。

リディには最後まで生き抜く義務があるのだ。

「言い方を変えよう。リディ、お前は最後の砦だ。もし、モンスターが前衛を越えてきたらどうする？　誰がイザベルを護れるんだ？」

「お姉、さまを……？」

「そうだ。イザベルの危機を救えるのはお前しかいない。お前はイザベルを護る最後の砦だ」

「んっ……！」

リディがこれまでにないくらい決意を秘めた真剣な目をしている。これで前衛に飛び出るような無茶をしなくなればいいんだが……。

それにしても、お姉さまか……。

姉妹というか、親子でも通じそうなほど体格差のあるイザベルとリディの二人だが、これでも今年成人を迎えた同い年のはずだ。なぜリディがイザベルをお姉さまと呼んでいるかはわからない。しかし、二人の関係はとても親密に見えた。二人はどんな関係なんだろうな？　本当に姉妹なのか？


夜。

宝具〝極光の担い手〟の揺らぎのない太陽のような光に照らされ、オレはギコギコと歯車を回す。そして、ボルトをセットすると、ヘヴィークロスボウを構える。

ボゥンッ！！！

まるで猛獣の咆哮のような風切り音が辺りに響き渡る。オレにはもう耳馴染みとなったヘヴィークロスボウの発射音だ。

ヘヴィークロスボウから発射された、キールに特注したぶっといボルトの向かう先は、まるでそこだけ四角く切り取られたように、闇の中にあってもなお黒く、暗い空間。

飛翔したボルトが、四角い闇にのまれたように、消える。

そして、オレの収納空間にボルトが追加された感覚がした。

このボルトは、ただのボルトじゃない。飛翔した状態で収納されたボルトだ。コイツを収納空間から吐き出すと、ヘヴィークロスボウで撃たれた威力そのままに、モンスターを撃ち砕く。

オレの新しい戦術〝ショット〟。その中核になる部分だ。

〝ショット〟。

収納空間に収納したヘヴィークロスボウで撃ち出したボルト。そのボルトによる連射、一斉射だ。

今まで、ヘヴィークロスボウでの一発しかなかったオレには、画期的な攻撃手段。その破壊力は、昼間のダンジョンで、二十体近いゴブリンたちを一掃できたことからも明らかだ。

ヘヴィークロスボウ自体、高レベルダンジョンでも通用する化け物みたいな威力を誇っている。その一斉射が弱いわけがない。

〝ショット〟を活用するには、今オレがしているみたいに、事前にヘヴィークロスボウでボルトを撃って、収納空間に飛翔済みのボルトを収納しておく必要がある。

「ういしょっと……」

オレは、ギコギコとヘヴィークロスボウの巻き上げ機を回し、ボルトをセットする。確かに地道で疲れる作業だが、そんな苦労を苦労と感じないほど〝ショット〟の威力は圧倒的だった。

この力があれば、オレはただの荷物持ちを卒業できる。今以上にパーティに貢献できる。〝ショット〟は、そんな確信を抱かせるに足る能力を秘めていた。

しかも、この収納能力は、防御にも転用できる。飛んできた敵の矢などの遠隔攻撃を、収納空間に収納してしまうことができるのだ。

〝ショット〟の威力に比べると、確かに霞んでしまう部分かもしれないが、これも非常識なほど強力な能力だと思う。

何もできなかったオレに、攻撃能力と防御能力という新たな芽が出てきた。この芽は、大切に育てていきたい。

そういう意味では、オレもクロエたちと同じ初心者冒険者と変わらないな。

オレはヘヴィークロスボウを構えると、狙いを四角く区切られた闇へと定める。

ボゥンッ！！！

唸るような風切り音と共に発射されるボルト。ボルトが収納空間にのまれる感覚に満足感を覚え、オレはまたギコギコと巻き上げ機を回していく。

今日だけで五十発以上使ったからな。キールに作ってもらったボルトは全部で千発。レベル2ダンジョンで五十発以上使ったのなら、ダンジョンのレベルが上がるごとに、消費するボルトの数は増えていくだろう。

「こりゃ、千発だけじゃ足りねぇかもしれねぇな……」

オレの【収納】の容量は少ないからなぁ。他の荷物との兼ね合いにもなるが、もっと増やしてもいいだろう。

「アベるーん！　さっきから何やってんのー？」

ドンッと肩に軽い衝撃を受ける。それと同時に、微かに甘い匂いが、オレの鼻腔をくすぐった。

チラリと肩を見ると、ビックリするほど近くにジゼルの顔があった。ここまで近くから見ても瑕疵の見当たらないきめ細かな肌。好奇心に輝く緑の瞳。そこにいたのは、紛れもなく美少女と形容していい一人の女性だった。

子どものように天真爛漫な、ともすれば幼い印象を抱きがちな、いつものジゼルとのギャップにクラクラする。一瞬、誰かわからなかったほどだ。

「……どうしたんだ、ジゼル？」

早鐘を打ちそうな鼓動を抑えて、オレは敢えて平然と問いかける。しかし、次にジゼルの取った行動に、オレの鼓動は跳ね上がった。

「んーん？　何やってるんだろうと思ってねー」

ジゼルが、まるで人に慣れた飼い猫のように、オレの頬に頬擦りしたのだ。

「ふふっ。じょりじょりー」

オレの無精ヒゲの当たる感触が楽しいのか、ジゼルが柔らかく笑う。

そんなジゼルの姿に、オレは、心奪われたかのように呆然とするしかなかった。

ふと、ジゼルの緑の瞳がオレを見る。気が付くと、オレとジゼルは、お互いの吐息がかかる距離、もうキスでもするのかという至近距離で見つめ合っていた。

そのまま、しばし見つめ合うオレとジゼル。ジゼルの瞳は、相変わらず好奇心をにじませた輝きを放っていた。

なんだか、先に瞳を逸らしてしまうと負けなような気がして、オレは半ば意地を張ってジゼルの瞳を見つめ続けていた。

次第に、ジゼルの心なしかトロンとした緑の瞳に映るオレの姿が大きくなって……。

「ちょーい、ちょいちょいちょい！　二人とも何やってるのよ！」

しかし、二人の重なりそうな唇は、乱入者によって引き裂かれた。

「クロエ!?　いや、これはだな……」

オレは、クロエの姿を確認した瞬間、弾かれたようにクロエの方を向いて、なぜだか言い訳のようなことを始める。

いやいや、ヤバかった。姪と同い年の友達相手に、オレは何やってるんだ!?

「ちぇー」

顔の横から何か聞こえたが、頭がクロエ一色に染まったオレには確認できなかった。

ダンジョンの中。ボス部屋の手前。

「ボスいたよ、三体。盾持ち片手剣と両手剣、両手槍だった」

斥候から戻ってきたクロエの言葉に緊張が……走らない。皆、自然体でクロエの報告を受け止めていた。まぁ、それもそうだな。これで何回目だってくらいボスを討伐してるし。もう二十回は狩ったんじゃねぇかな？

「さて、慣れてきたからって気を抜くんじゃねぇぞ？　ヘマしやがったら、もう十日このダンジョンに潜るからな」

「うへー……マジ？」

「マジだ」

思いっきり嫌な顔をしたジゼルに、オレは真顔で答える。まぁ、多少の失敗したところでそんなことはしないがな。あくまでも脅しだ。万に一つもないと思うが、慣れてきた頃が一番失敗しやすいからな。

それに時間ももったいない。もうコイツら『五花の夢』は、レベル2のダンジョンでは物足りないほど成長している。レベル3のダンジョンはもちろん、場所を選べばレベル4のダンジョンも制覇できるかもしれない。

オレの崩れない真顔に本気を感じ取ったのか、『五花の夢』のメンバーの顔つきが引き締まったような気がした。

「要らねぇとは思うが、一応確認だ。今回はクロエ、エル、ジゼル。この三人でボスを討伐してもらう。今回はお前たち前衛の強化が目的だからな。その仕上がりを見せてもらう。イザベルとリディは手を出すなよ？　俺の指示があるまで待機だ」

　オレの言葉に、松明のオレンジの明かりに照らされた五人が頷くのを確認する。

「んじゃ、行くか。準備はいいか？」

「大丈夫」

「問題ありません」

「もちっ！」

　クロエ、エレオノール、ジゼルの返事に頷き返し、オレは宣言する。

「相手はホブゴブリンウォーリア三体。クロエ、エル、ジゼル。お前たちの成長を、実力を見せてくれ。無事にここを卒業できることを祈ってるぜ」


「はぁああああああああああああ！」

　まず、洞窟の岩陰から飛び出したのはエレオノールだ。片手に松明を持ち、声を張り上げ、ホブゴブリンたちへと疾走していく。松明の輝きとピカピカの鎧はさぞ目立つだろう。一気にホブゴブリンたちの視線を独占する。

「………」

　その後ろに無言でピッタリと張り付くように駆けるのはジゼルだ。エレオノールの背中に隠れ、不意打ちを狙うつもりだろう。

「Gaaaaaaaaaaaaaaaaaaaaa！」

対するホブゴブリンたちも黙ってはいない。エレオノールに対抗するように雄叫びを上げると、動き出す。

ホブゴブリンたちの今回の装備は、クロエの報告通り、片手剣と盾、大剣、両手槍だった。このボスのホブゴブリンたちは、来るたびに武器構成が変わる。いろんな武器の対処法に慣れるという意味でも、『ゴブリンの巣穴』は挑戦する価値のあるダンジョンだ。

エレオノールが、敵の真ん中にいる盾持ちのホブゴブリンへと突撃する。一番厄介な盾持ちを自分が引き受けようという算段だろう。

その時、エレオノールから火の玉が飛んだ。魔法ではない。ただの松明だ。松明はクルクル回りながら左手の大剣を持つホブゴブリンへと飛んでいく。大剣を持つホブゴブリンは、飛んでくる松明を避けるためにサイドステップを踏んだ。

エレオノールを囲うように展開していた三体のホブゴブリン。その歩調が少しだけ崩れる。あるいは、それを意図してエレオノールは松明を投げたのかもしれない。

オレはエレオノールの背中をジッと見つめる。そろそろホブゴブリンたちとぶつかる距離だ。さて、エレオノールはどう捌（さば）くかな。

ガギンッ！！！

松明の頼りない光に照らされた石畳の大広間に金属同士が激しくぶつかり合う甲高い音が響き渡る。ついにエレオノールと盾を持ったホブゴブリンがぶつかったのだ。両者の盾と盾が衝突し、閃光のように火花が散る。

盾のぶつかり合いを制したのはホブゴブリンだった。弾かれたようにエレオノールの体が後ろへと飛ぶ。その後ろへと飛ばされたエレオノールに迫る影があった。両手槍のホブゴブリンだ。その両手槍が狙い澄ましたようにエレオノールへと伸びる。おそらく、味方がぶつかり合いを制すると読んでいたのだろう。ぶつかり合いに敗れて体勢を崩したエレオノールを仕留めるための一手。

しかし、この展開を読んでいたのは両手槍のホブゴブリンだけではない。エレオノールも自分が押し負けると読んでいた。弾き飛ばされたエレオノールだが、その体幹に狂いはない。

キュインッ！

散った火花の閃光とは相反するような、涼しげな金属音が耳を打つ。エレオノールが剣でホブゴブリンの両手槍を逸らしたのだ。

「Ｇａｕｇａッ!?」

「Ｕｇａッ!?」

二体のホブゴブリンたちの驚いたような声が響く。一体は盾のホブゴブリン、二体目は大剣のホブゴブリンだ。そして、両手槍のホブゴブリンは……。

ドサッ！

重量物が落ちたような音が響き、薄暗い明かりの中に、確かに白煙が漂うのが見えた。モンスターを討伐した証。

ジゼルだ。ジゼルが両手槍のホブゴブリンの首を一撃ではねたのだ。エレオノールの背中に隠れていたジゼルの不意打ちは、見事に成功した。

ガギンッ！！

硬質な音が石畳の広間に響き合い、エレオノールが弾き飛ばされ後退する。最初のぶつかり合いを制したのは盾を手にしたホブゴブリンだった。お互いの体格や重量を比べれば妥当な結果だろう。

後ろに吹き飛ばされたエレオノール。しかし、後退するエレオノールと入れ替わるようにして低く前進する影があった。松明の明かりに照らされて輝く真っ赤なポニーテール。ジゼルだ。ジゼルがついにエレオノールの背中から前に飛び出た。

「ッ!?」

声も発する余裕さえなく驚くのは、両手槍を持ったホブゴブリンだ。その槍は、弾き飛ばされたエレオノールに向けて放たれている。体勢を崩したエレオノールの着地狩りを狙ったのだろう。

ジゼルは放たれた槍の外を低く前傾姿勢で疾走する。対するホブゴブリンは、その大きな槍でエレオノールに突きを放っている最中だ。

両手槍は長大な間合いと威力を持つが、重く小回りが利かない。一度走らせた槍は、もう止めることも引き返すこともできなかった。

チャキンッ！

ジゼルが剣の留め金を外した小さな音が、不思議なほどよく響いた。

一閃。

鋭い光が走った。一見して両手槍を持ったホブゴブリンに変化はない。しかし、その瞳にはもう何も映してはいなかった。

「Ｇａｕｇａッ!?」

「Ｕｇａッ!?」

残った二体のホブゴブリンの驚いたような声が響く。おそらく、急に現れたジゼルの姿に驚いたのだろう。エレオノールの背から姿勢を低くして飛び出したジゼルを感知できなかったのだ。

ぐらりとホブゴブリンの体が、己の放った槍に引きずられるようにして前に倒れていく。

ドサッ！

槍を握ったホブゴブリンの体が石畳へと崩れ落ち、その衝撃で首が転がった。ジゼルは、ホブゴブリンの太い首を一撃で断ってみせたのだ。

エレオノールの援護があったとはいえ、ジゼルはレベル2ダンジョンを攻略させているのがもったいないと感じるほど成長したな。本人の努力もあるが、努力ならばエレオノールもクロエも負けないほどしている。だが、ジゼルの成長は頭一つ飛び抜けているな。これが【剣王】のギフトの力か。

「Ｇａッ!?」

残った二体のホブゴブリンの視線がジゼルへと集まったその刹那。盾のホブゴブリンが体をびくりと震わせると、急に力が抜けたように膝から崩れ落ちる。

ドサリッと倒れて白い煙となったホブゴブリン。その向こうに見えるのは、ホブゴブリンの半分ほどしかない小柄な人影だ。

クロエ。彼女は、エレオノールたちが戦闘に入ってから動き出した。そろりと目立たぬように音も立てず、しかし素早く、ホブゴブリンたちの背後へと回ったのだ。そして、ホブゴブリンたちの視線がジゼルに向いた刹那を逃さず、見事に刈り取った。

クロエの得物は大きな針のような短剣スティレット。元々は鎧通しとして開発された武器だ。その威力をいかんなく発揮し、鎧の上から盾のホブゴブリンの急所を貫いて、一撃で仕留めてみせた。見事だ。非の打ち所がない見事な奇襲攻撃だった。

「Guaッ!?」

一気に一対三の劣勢に追い込まれたホブゴブリン。しかし、ダンジョンのモンスターに逃げるという選択肢はない。

大剣を持ったホブゴブリンが、突如として現れたクロエへとその進路を変更する。大きく分厚い鉄塊のような剣は既に振りかぶられていた。

「はぁあ！」

裂帛の気合を込めてエレオノールが動く。石畳を蹴り前へ。大剣のホブゴブリンの進路を断つつもりだ。しかし、盾のホブゴブリンに弾き飛ばされて後退した分、エレオノールと大剣のホブゴブリンの間には埋められない距離があった。

「GaAaaaaaaaaaaaaaa！」

ホブゴブリンが、迫るエレオノールなど眼中にないとばかりにクロエに向かって必殺の大剣を振り下ろす。ゴウッと重苦しい風切り音が、離れたこちらまで届くほどだ。全身全霊を懸けた一撃。

気迫がこちらにまで伝わってくる。

トトンッ！

軽やかな音を立てて、クロエの体が流れるように動き出す。左から迫るホブゴブリンに対して右へと低くサイドステップを踏んだ。

人は危機に陥った際に、体を硬直させてしまうクセがある。本能的に筋肉に力を入れて衝撃に耐えようとするのだ。

しかし、クロエは本能に抗い、体を軽やかに動かしてみせた。これぞ訓練の賜物だろう。クロエの努力が見事に実っている。

ブオンッ！

ホブゴブリンの大剣は、一瞬前までクロエのいた虚空を斬り裂いていく。両者の間に拳一つ分の空間もないほどのギリギリの回避。おそらく、クロエは意図してギリギリの回避を試みている。ホブゴブリンにその大剣を振らせ、隙を作らせるためだ。

ガギンッ！

ホブゴブリンの武骨な大剣が、火花を散らして石畳を叩く。その大剣がクロエを捉えることはついになかった。

しかし、ホブゴブリンに諦めという選択肢はない。尚もクロエを追いかけるように一歩踏み出す。

しかし……。

「せやぁあ！」

ホブゴブリンの進撃は一歩で途絶えた。エレオノールだ。銀の輝線が弧を描いて振り下ろされる。石畳を叩いて僅かに跳ね上がった大剣を握るホブゴブリンの太い右腕。その肘から先がぺしゃりと石畳を転がり、白い煙となって消えていく。

失った右肘からドクドクと、まるで脈打つように白い煙を漏らすホブゴブリン。その瞳はまだ死んではいない。むしろ、闘志にみなぎっていた。だが……。

「ちぇいっ！」

ホブゴブリンの喉に、いつの間にか剣が突き立っていた。その主は赤いポニーテールの少女だ。

「終わったか。早かったな」

前方で白煙が上がるのを見て、オレは静かに呟いた。

第七章　切り裂く闇

「ここがレベル7ダンジョンですか。どんな豪華な所かと思っていましたが、チンケな洞窟ですわね」

冒険者パーティ『切り裂く闇』のリーダー、ブランディーヌは、目の前にぽっかりと開いた洞穴を見てがっかりしたように言った。

「ここで間違いはないようだよ。ダンジョン石もある。どれどれ……」

パーティの中で一際小柄な魔法使いクロードが、赤いローブから手を出し、白い台座の上に安置された水晶へと手を伸ばした。

「ここがレベル7ダンジョン『女王アリの尖兵』で間違いないね。挑戦している冒険者パーティの数は0。僕たちで独占できるよ」

「良きかな」

クロードの言葉に、低く落ち着いた声が返ってくる。グラシアン。筋肉で盛り上がり、パツパツになった修道服を着た大男だ。その腰にはナックルダスターが吊られており、彼が神官の中でも数少ない戦士の素養を持つ者だということがわかる。

「それではどうしましょう？　今すぐ潜りますか？」

縦にも横にも大きい白銀の全身鎧を纏った巨漢が、ブランディーヌの方を向いてくぐもった声を上げた。セドリック。『切り裂く闇』のタンクを担うパーティの守りの要である男だ。

「まだ朝も早い時間ですからね。少し潜って準備体操といきましょう」

背中に吊った大きな漆黒の大剣の柄（つか）に手を当て、ブランディーヌが強気な発言をする。もしここにアベルがいれば、十分に休憩と食事を取るように言われ、止められていたことだろう。

しかし、今はブランディーヌの言葉に異を唱える邪魔者はいない。そのことにブランディーヌは暗い笑みを見せる。彼女にとって、今日がまさに己が真のリーダーになる記念すべき日だ。

「キヒッ！　準備体操たぁイカす表現だなぁ！」

短剣使いのジョルジュが、甲高い奇声のような笑い声を上げた。黒いタイトな装備に身を包んだ線の細い男だ。彼はこのパーティの目であり、耳でもあるシーフ。その細い体は、無駄な筋肉をそぎ落とし、研ぎ澄ました結果だ。

「皆、傾注！」

ブランディーヌの言葉に全員の視線が集まる。ブランディーヌはそのことに確かな満足感を覚え、しかし、その顔は不快に歪んでいた。

「わたくしたちは、冒険者ギルドに不当に扱われている。レベル6ダンジョンを攻略したわたくしたち『切り裂く闇』に入りたい奴がいないなんてのは絶対にありえません！　わたくしたちの冒険者レベルもそうです。レベル6ダンジョンを攻略したわたくしたちにはレベル6が相応しい。だというのに、わたくしたちのレベルはどうです？　一番高いわたくしでもレベル4だぞ？　こんなのおかしいだろ！！！」

不満が爆発したかのようにブランディーヌが絶叫する。その目には憎しみと表現するのも生ぬるい強い恨みの色があった。

そんなブランディーヌの様子にあてられたのか、他のメンバーも不機嫌に顔を顰めている。

「それもこれも、みんなアベルのせいですわ！　わたくしたちが苦労してレベル6ダンジョンを攻略した時どうでした？　冒険者ギルドはアベルだけ褒めて、わたくしたちはレベルアップなし。アベルが、わたくしたちの功績まで奪ったのです！　荷物持ちしかできない役立たずの分際で！！！」

ブランディーヌは口から泡を飛ばし、尚もヒートアップしていく。

「冒険者ギルドはアベルばかり持ち上げて、わたくしたちを正当に評価しない。周りの冒険者もです！　誰も彼もアベルばかり褒めるだけ！　あんな荷物持ちしかできねぇ人の何がすごいのでしょう？　攻略の最前線で命張ってるのはわたくしたちですわ？　きっとアベルが口から出まかせで自分の功績を大きくしているに違いありません！　今回のメンバー募集もそうです！　アベルが冒険者ギルドに手を回して妨害したに違いありませんわ！！！」

ブランディーヌのアベルへの憎悪は尽きない。彼女は、本気で冒険者ギルドや周りの冒険者が、アベルの手のひらで踊らされていると信じている。彼女の仲間も同じ意見なのか、ブランディーヌの自分勝手とも取れる言葉を聞いても反論はなかった。

実際はアベルにそんな意思はないし、冒険者ギルドや周りの冒険者は正当な評価をしているだけだ。しかし、ブランディーヌたちには、自分たちがアベルに劣るという事実など受け入れがたいのだ。彼女たちは自分の見たい夢だけを見ているに過ぎない。

「ですが、それも今回でおしまいです」

ブランディーヌが歪な笑みを浮かべて言った。

「今回、わたくしたちはレベル7ダンジョンに挑戦いたします。攻略できれば、冒険者ギルドの無能どもと、バカな冒険者たちも気が付くでしょう。わたくしたちの本当の実力に！　アベルなんて必要ないという真実に！！！　彼らの曇った目を晴らしてやりましょう。そして、アベルなんて害虫に侵された冒険者ギルドを立て直すのです！　冒険者が正当に評価される未来を創るのです！！！」

ブランディーヌの表情が蕩ける。その視線は定まらず、だらしない笑みを浮かべていた。おそらく、自分が冒険者ギルドを救った英雄と称えられる未来を夢見ているのだろう。彼女の中では、アベルは徹頭徹尾悪人であり、冒険者ギルドも、周りの冒険者たちも、アベルに踊らされるような哀れな存在に過ぎない。

他のメンバーの顔もそれぞれ愉悦に歪んでいた。アベルの活躍ばかりが持て囃され、ブランディーヌを含めた彼らは、栄光というものを感じたことがない。彼らの自己承認欲求は、極限まで膨張していた。

そこに、自分たちがヒーローになれるチャンスが転がってきたのだ。彼女たちには、どんなご馳走よりおいしそうに見えたことだろう。現実離れした夢が正常に見えるくらいには。

彼女たちは現実よりも夢を見たいのだ。

ブランディーヌは夢見心地のまま宣言する。自分たちの栄光のために、美辞麗句で飾った夢を。

「やってやりましょう！　わたくしたちが冒険者ギルドを！　そして冒険者たちを救うのです！！！」

「「「「おう！！！」」」」

「あたたたたた……。グラシアン、すまないが治癒を頼みたい……」

縦にも横にも大きい白銀の全身鎧から、くぐもった声が漏れる。パーティの盾である巨漢セドリックだ。その姿は、ダンジョンに入る前から比べると、随分と変わっている。全身鎧の至る所が凹み、穴が開いている箇所も数えきれないほどあった。まるで、壊れたブリキのおもちゃのような外見だ。

「承知した。しかしセドリック殿、今日は随分と被弾が多いように見受けられる。気を付けなされよ。我が治癒の奇跡も無限ではない故に」

発達した筋肉に押し上げられ、パツパツになった白地に青のラインが入った修道服に身を包む大男。グラシアンが、セドリックの背中に手を置く。すると、全身鎧姿のセドリックが淡い緑の光の粒子に包まれた。治癒の奇跡だ。

「すまないな……」

兜の中で反響したくぐもった声が辺りに響く。

「さすがはレベル7ダンジョンといったところかな。モンスターの強さも桁違いだ……」

セドリックがくぐもった弱音を吐く。彼も本当は気付き始めている。被弾が多い理由は、モンスターの強さだけではないことに。アベルだ。これまでアベルの援護射撃に随分と助けられていたことにようやく気付き始めていた。

しかし、セドリックはそれを認めることができない。アベルは戦闘では役立たず。自分たちを不当に貶める元凶だ。そうでなくてはならない。

レベル8とはいえ、一介の冒険者に冒険者ギルドを牛耳ることが可能なのか？

『最後に一つ。次にダンジョンに行くなら、レベル5のダンジョンに行くといい。そこで自分たちの実力を確認しておけ』

アベルの最後の言葉が、ふと頭を過る。

厳しい現実に叩き落とされ、セドリックは夢から覚め始めていた。

自分たちはレベル7ダンジョンを攻略できる実力がないのではなかろうか。アベルの言うことが正しかったのではないだろうか。

しかし、英雄になるという甘美な夢が、セドリックたちを掴んで離さない。

「ようやく半分かしら？　まったく反吐が出ますわ。ですが、半分踏破しました。残り半分。行けますわ、わたくしたちなら！」

漆黒の大剣を肩に担いでブランディーヌが、仲間を元気づけるように言った。しかし、他ならぬ彼女自身が〝撤退〟という言葉を何度ものみ込んでいた。

もしアベルがいれば、間違いなく撤退を指示していただろう。ブランディーヌの口にした残り半分という言葉。しかしそれは、帰り道を勘案していないまやかしに過ぎない。ダンジョンはボスを討伐してやっと半分である。

しかし、そんなアベルへの対抗心、そして、自分たちの実力の過信が、ブランディーヌから撤退という言葉を奪っていた。

他のメンバーも撤退を意識しながらも、誰も言葉にすることはできなかった。言葉にしてしまえば、アベルの言ったことが正しかったと認めることになる。そんなことは許容できない。

彼女たちは意固地になって都合のいい夢にしがみついていた。

そんな彼女たちに、非情にも現実は押し寄せる。

キチキチキチキチキチキチキチキチキチキチキチキチキチキチキチッ！

「「「ッ!?」」」

まるで金物同士を高速でこすり合わせたような不快な音を響かせて、ソレは姿を現す。

日常でも目にするその姿。黒い小さな昆虫。アリだ。しかし、そのサイズが狂っている。大男であるグラシアンをも超えるそのサイズ。黒光りする頭部と胴体、尻の三つに分かれた流線型のボディ。大きく立派な顎は、昆虫というよりも、まるで悪魔のようだ。しかも……。

ガバッと勢いよく後ろの二本脚で立ち上がる五体のアリ。なんとアリが人間のように立ち上がったのだ。地面から浮いた四つの腕には、剣や斧、槍などの武器を持っている。これこそがこのダンジョンのモンスター。ビッグアントの戦闘隊形だ。

ガチンッ！　ガチンッ！

ビッグアントたちが、その大きな顎を打ち付け、威嚇し始める。ダンジョンのモンスターであるビッグアントたちには、侵入者の排除が第一だ。自分の命など勘案しない。見つけ次第排除だ。つまり、エンカウントした時点で逃げられない。

「クソが……ッ！」

ビッグアントの出現に、『切り裂く闇』のメンバーにも緊張が走る。しかし、まだ悪態をつくだけの余裕があった。これまでの道中、何度も苦戦しながらも勝ってきた相手だからだ。しかし……。

キチキチキチキチキチキチキチキチキチキチキチキチキチッ！

五体の立ち上がったビッグアントの背後から、また不快な音が走り、さらに六体のビッグアントが現れる。リンクしたのだ。

「そんな……」

「嘘だろ……」

「神よ……」

ブランディーヌたちは表情を失くし、力なく呟く。

『いいか？　モンスターのリンクってのは、必ず起こる。ダンジョンを攻略する時は、たとえモンスターがリンクしても、そいつを撥ね退けるだけの力が必要だ。その力がないうちは、攻略を諦めるんだな』

耳にタコができるほど聞かされたアベルの忠告が、今さらのように夢に浮かされていたブランディーヌたちの頭に甦る。

だが、悪態をつくほどの余力は、ブランディーヌたちに残されていなかった。

「て……撤退……」

ブランディーヌがここにきてようやく撤退の指示を出した。叩き付けられたどうしようもない現実に、ついに夢想から目を覚ましてしまったのだ。

「撤退よぉおおおおおおお！！！」

ブランディーヌがイの一番に後ろに向けて走り出さんと、踵を返そうとしたまさにその瞬間――。

『撤退する時ってのは、一番危ない瞬間だ。いいか？　決して敵に背中を見せるなよ？』

「ぐうッ!?」

ブランディーヌの頭の中に、アベルが、まるでブランディーヌの蛮行を諫めるように現れて言う。

ブランディーヌは、アベルへの対抗心から無視しようとするが、命の危険を感じた状況で、アベルの忠告を無視しきれなかった。

これまでずっと邪険にしていたアベルの忠告を、ブランディーヌは欲してしまった。

「くそがぁッ！」

それは、ブランディーヌの敗北に他ならなかった。

いつもの取り繕ったお嬢様言葉ではなく、彼女本来の口調が顔を出す。

「撤退するわ！　セドリックとわたくしが前を抑える！　クロードとグラシアンはわたくしたちの援護！　ジョルジュは退路の偵察！　急ぎなさい！」

「「おう！」」

「了解！」

「わーったよ」

頭の中のアベルの忠告をなぞるように、ブランディーヌは指示を出す。絶望に染まりかけていた仲間たちが、まるで息を吹き返したように機敏に動き出した。

さすがは、曲がりなりにもレベル6ダンジョンを攻略した冒険者だ。

その様子に安堵し、しかし、ブランディーヌの心は複雑だった。

自分たちが弱者の意見と切り捨てたはずのアベルの忠告。それが今、ブランディーヌたちを動かしている。絶望の中の一筋の光となっている。

アベルの方が正しかったってのか？

自分たちは弱者だったのか……？

ブランディーヌは、己の芯にしていたものがポッキリと折れるのを感じながら、過去のアベルの忠告に従わざるをえなかったのだった。


「「「「………」」」」

王都。教会の一室。王都の喧騒から離れた静かな真っ白の病室の中には、まるで鉛でも流し込んだかのような重たい空気が流れていた。

室内にいる者は、いずれも汚れた武具に身を包み、深くうなだれている。ブランディーヌ率いる『切り裂く闇』の面々だ。

彼女たちの姿は、まるで敗残兵のようにボロボロだった。

敗残兵という表現は、これ以上ない適切な表現かもしれない。彼らは、レベル7ダンジョン『女王アリの尖兵』から、命からがら逃げ伸びてきたのだ。

そんな土や血に汚れたボロボロの見た目の彼女たちだが、彼女たち自身は無傷の健康体だ。ここ、王都の教会で、高額な費用と引き換えに、傷を癒してもらったからである。

しかし、優れた治癒の奇跡をもってしても、彼女たちの心までは癒せなかったらしい。

「敗退か……」

濃い緑髪を生やした巨漢、セドリックが苦々しくこぼす。彼は、『切り裂く闇』でタンクを任されている。敵の攻撃を一身に受ける彼は、自身の、そしてパーティの力不足を誰よりも感じた一人だろう。

「拙僧は、皆が撤退できただけでも御の字と考える」

岩を転がしたような低い声が病室に響く。筋肉に盛り上がったパツパツの修道服を着た巌のような男。グラシアンだ。彼はパーティの生命線たる治癒の奇跡の使い手である。今回、『切り裂く闇』のメンバーが欠けることなく王都まで撤退できたのは、彼の力によるところが大きい。

しかし、そんなグラシアンの力をもってしても、全員が五体満足のまま撤退することは叶わなかった。彼も教会では上位の治癒の奇跡の体現者だが、人体の欠損を治癒できるほどの力はなかったのだ。

それ故に、『切り裂く闇』の面々は、王都の教会の世話になっている。

そのことを口惜しく思いながら、グラシアンが口を開く。

「それにしても、ブランディーヌ嬢の撤退時の指示は、芸術的ですらあった。おかげで拙僧たちは、こうして命をつないでいる。まっこと頼もしい限りである」

普段、口数の少ないグラシアンが、敢えて明るい調子で言葉を紡いだ。この沈んだ空気を変えようとしているのだろう。

「そうだね。さすがは僕たちのリーダーだ」

「あぁ、あんたになら、俺は一生付いていけるぜ。今すぐ抱いてやってもいいくらいだ」

「てめぇ！　どさくさに紛れて何言ってやがる！　だが、ブランディーヌのおかげで助かったのは事実だ」

クロードが、ジョルジュが、セドリックが、口々に明るい調子でブランディーヌを褒め称えた。

彼らにとってブランディーヌは、自分たちを絶望の淵(ふち)から救い上げてくれた命の恩人なのだ。

しかし、当のブランディーヌ本人は、俯いたまま苦虫を噛み潰したような顔を浮かべている。彼女にとって、皆から絶賛される撤退時の指示は、過去のアベルの忠告をなぞっただけに過ぎない。

ブランディーヌの中で、アベルへの敗北感が積もっていく。

「あれは……」

全てアベルに習ったこと。

しかし、未だ心の奥底で燻(くすぶ)るアベルへの侮蔑と反抗心からか、ブランディーヌには、その一言が口に出せなかった。

ブランディーヌをはじめ、『切り裂く闇』の面々にとって、アベルとは、パーティの寄生虫であり、冒険者ギルドに巣くう巨悪だ。そうでなくてはならない。

そんなアベルのことを少しでも正しいと認めてしまえば、ドミノ倒しのようにアベルの主張が全て正しいことになり、自分たちの主張が、夢が、間違いであったことが突き付けられてしまうような気がしたのだ。

今さら、そんなことは認められなかった。

暗い顔で黙ってしまったブランディーヌ。『切り裂く闇』の面々は、ブランディーヌがダンジョン攻略失敗の責任を感じているのだと思った。

ブランディーヌを除くメンバーにとっても、今回の失敗はさすがに堪(こた)えていた。あとほんの少しでも間違えば、自分たちは死んでいたかもしれないのだから当然である。

しかし、いつも文句や恨み言の捌(は)け口になっていたアベルはもういない。

彼らは、ダンジョン攻略失敗の鬱憤を晴らすことができずに悶々(もんもん)とすることを余儀なくされていた。彼らにも、仲間であるブランディーヌに不条理に当たらないだけの、ほんの僅かながらの良識はあったのだ。

だが、何かあればすぐにアベルに当たり散らし、溜飲を下げることに慣れ過ぎていた彼らは、ここで留まるということを知らなかった。

「まったく、今回はアベルにしてやられてしまったね」

そんな言葉を吐いたのは、青い豪奢なローブを着た魔法使い。クロードだった。彼は、その無駄によく回る頭で、今回の失敗の原因をアベルに擦り付けることを思い付く。

パーティ内に溝を作らず、外側に敵を作り、パーティの仲をより強固なものにしようというのだ。

「アベルにしてやられた……どういうこと？」

それに飛び付いたのは、他ならない『切り裂く闇』のリーダー。ブランディーヌであった。

「思い出してごらんよ、ブランディーヌ。僕たちがレベル7のダンジョンを攻略することに決めたのは、アベルのクソ野郎が煽ったからだ」

『最後に一つ。次にダンジョンに行くなら、レベル5のダンジョンに行くといい。そこで自分たちの実力を確認しておけ』

ブランディーヌたちの脳裏に甦るのは、アベルの最後の忠告だった。

普通なら、なんの不思議もない、ただの忠告。しかし、ブランディーヌたちにとっては、自分たちの実力を下に見るアベルの気に入らない挑発文句だった。

「あの挑発があったから、僕たちは自分たちの実力を示そうと、レベル7ダンジョンへの挑戦を決めた。……そう、僕たちはアベルのクソ野郎に、気付かないうちに誘導されていたんだ」

「ッ!?」

クロードの穴だらけの穿った言葉は、しかし、ブランディーヌの心をがっちりと掴んだ。彼女は、夢が覚めて押し寄せた認めたくない事実を前に、立ち往生したまま進めないでいた。そんな彼女にとって、クロードの抜け道とも言える理論は、また彼女を夢の中へと誘う補助輪となってしまった。

ブランディーヌが、アベルの正しさを認めかけていたことも、それに拍車をかけた。

アベルのことを、ただの能無しから、実は自分たち以上に有能なのかもしれないと気付き始めていたブランディーヌ。彼女にとって、アベルが自分たちを罠にはめるほどに狡猾（こうかつ）だったというクロードの考えは、とてもしっくりときたのだ。

そして、ブランディーヌたちは、自分たちが決定的にアベルに恨まれているという自覚があった。その自覚が、アベルが自分たちを罠にはめることを、とても自然なことだと錯覚させた。

この考えならば、アベルの評価を上方修正しつつも、自分たちの評価を下げずに済む。これまで通りアベルを憎み、自分たちが正義を為（な）す立場でいられる。

自分たちが英雄になるという甘美な夢が、再びブランディーヌたちの脳を甘く侵していく。

「そういうことね……ッ！」

ブランディーヌは迷いの晴れた顔に憤怒の表情を浮かべて立ち上がる。

そして、背中に背負った大剣を右腕で引き抜くと、病室の壁に叩き付けた。

ガゴンッと大音が響き、大剣を打ち付けられた病室の壁が砕け飛ぶ。その様子を不機嫌そうに眺め、辺りが騒がしくなる中、ブランディーヌは『切り裂く闇』の仲間へと振り返った。

「皆！　すみませんね！　今回は、アベルにしてやられたようですわ。この借りは、いずれアベルの野郎を追い落とすことで返してもらいましょう！　わたくしたちが冒険者どもの、冒険者ギルドの奴らの目を覚ますのです！」

「「「おう！」」」

かくして、ブランディーヌたちの虚構だらけの妄想は続いていく。アベルへの恨みを強めながら……。

第八章　帰還と想い

「ふぅ……」

　王都の城門をくぐった時、私、イザベルは知らず知らずのうちに口から息が漏れていた。自分でも気付かぬうちに緊張をしていたのでしょう。王都のいつもの喧騒が私たちを包み、私はそれに安堵していた。ようやく非日常から日常に戻ってきた心地がした。

　私はリラックスすると同時に、体の疲れを自覚する。表面的な疲れではない。体の芯にこびり付いたような頑固な疲労だ。動けはするけど、体は重たい。そんな疲れ。

　周囲を見渡すと、リディもエルもジゼルもクロエも顔に疲労の色が見える。

「んじゃ、オレはギルドに報告してくる。疲れてるだろ？　今日はここで解散だ。よくがんばったな。お前らは、今回の冒険で一段と成長している。オレの予想以上だ」

　私たち成人したばかりの若い女の集団に紛れ込んだ三十過ぎのおじさん。パーティリーダーであるアベルの言葉に、少女たちは顔を綻ばせる。単純な子たちね。でも、私の口角も自然と上がっていることに気が付いた。

　これがレベル8の人心掌握術(じんしんしょうあくじゅつ)なのかしら？

　年も離れた異性だというのに、アベルはスルリと私たちの輪に自然と溶け込んでいた。彼が私たちに対して、常に細やかな気配りをしているからだろう。私も最初は警戒していたのに、今では彼をある程度信頼している。

ギルドへの報告もそうだ。アベルがその気になれば、ダンジョン攻略の功績を独り占めすることもできるだろう。本来なら、確認の意味を込めて私たちの中から誰か同行した方がいい。でも、誰も動こうとしない。皆、アベルはそんなことをしないと信頼しているのだ。

アベルが疲れの色が濃い私たちへの好意で早めにパーティの解散をしたことも理解している。彼は言動はぶっきらぼうだけど、意外にもその根底には優しいところがある。たまにおかしなことを口を滑らすのはどうかと思うけれど、彼の本性は紳士と言ってもいいのではないかしら。

「早く帰ろー。あーし疲れちゃった」

「そうですねぇー」

今にもそのまま座り込みそうなジゼルに、エルののほほんとした声が返る。声はのんびりとしているけど、その顔には疲労の色が濃い。水滴のようにおでこに汗もかいている。

たぶん、私たちの中で一番疲労しているのはエルだろう。彼女は全身に金属の鎧を纏って大きな盾まで持っているから。その重量は、もしかしたらリディよりも重いかもしれない。

「まずはエルの屋敷から行きましょうか。その後、クロエの家に。私たちは最後よ」

「「「はーい」」」

私の提案に、皆がお行儀よく答える。ここ王都は、冒険者の都だ。警邏（けいら）隊がパトロールしているけれど、それほど治安がいいとも言えない。日も沈みかけ、女一人で歩くには、少々危険な時間帯だ。纏まって行動した方がいいでしょう。

「ねぇねぇ、叔父さんどうだった？」

エルの屋敷へと歩き始めると、クロエが瞳を輝かせて、ウズウズした様子で尋ねてきた。愛しの叔父さんが皆にどう思われているのか知りたくて仕方ないのでしょう。ほんのりと頬をピンクに染め、恋に恋する少女らしい青い恋がそこにはあった。思わず手が出てしまいそうなほどかわいらしい。

「あーしとしてはアリかなー。あーしよりも強いし！」

ジゼルは単純でいいわね……。

「わたくしもアベルさんがパーティに加入してくれたことを好意的に受け止めていますわ。全てが手探りであった頃よりも、随分と安定いたしました。お人柄も良いですし、身の危険を感じませんでした。紳士で頼れる方だと思います。さすが、クロエの叔父様ですねぇー」

「うへへ。そうよねー」

にやけたクロエの向こうで、エルがその大きな胸に手を当てて、優美な微笑みを浮かべている。

ないとは思っていたけれど、アベルは格上の冒険者。手籠（てご）めにされるという最悪の事態も頭には浮かんでいた。男って野蛮な動物だもの。でも、アベルは比較的紳士だったわ。胸元に視線を感じることはあったけどすぐに逸らすし、直接手を出すなんてこともなかった。

もしかしたら、アベルはヘタレなのかもしれないわね。あの年で結婚もしていないし。でも、私たちにとってはいいことだわ。パーティメンバーに身の危険を感じるなんて最悪だもの。

「私、もアリ……」

か細い、今にも消えてしまいそうな儚(はかな)い声が耳に届く。私がリディの声を聞き逃すなんてありえないわ。

「へぇ……」

珍しいことね。リディが他人を認めるなんて。この子は人一倍警戒心が強いから、アベルでもすぐには信用しないと思っていたのに。

リディがその真っ赤な瞳で私を見上げる。かわいい。アパートに帰ったら、すぐにでもかわいがりたい。

「お姉、さま。助けて、くれた……」

なるほど。リディは、アベルが私を助けたから、アベルのことを信用しているらしい。相変わらず、リディの世界は私を中心に回っているらしい。この子がもうちょっと自分のことを中心に考えられるようになれればいいのだけど……なかなか難しいわね。この子が私を想う分以上に、私もリディのことを想うことにしましょう。

「それで、イザベルはどう？」

「そうね……」

クロエに尋ねられて、私はアベルについての評価を下す。

「私もアリだと思うわ。初対面で胸の話をされた時はどうかと思ったけれど、今はアベル以上のリーダーはいないと思うほど評価が高いわよ。目的や指示が明確でわかりやすいわ。それに……」

いざという時は、その身を顧みずに仲間を助けようとする。軽薄な人かと思っていたけど、意外にも熱いものを持っている人。その熱さで私を……。

「お姉、さま？」

気が付くと、皆が私の顔をきょとんとした顔で見ていた。どうしたのかしら？

「夕日のせいでしょうか？　イザベルの顔が少し赤く見えるのですが……」

◇

王都の雑踏の中を一人歩く。合計十四日間にも及んだレベル2ダンジョン『ゴブリンの巣穴』での前衛陣の強化キャンプを終え、オレたち『五花の夢』は、やっと王都に戻ってきていた。

パーティメンバーには、濃い疲労の色が窺えたため、今日はさっさと解散にした。十四日というのは、オレにとっては短い遠征期間だったが、まだまだ尻の殻が取れないひよっこたちには長かったようだ。体力の向上も課題だな。

久しぶりに味わう騒がしい空気は、腹が空く匂いで満ちていた。

そろそろ夕食時か。

唸る腹を撫でて落ち着け、活気に溢れる王都の大通りを歩く。さて、今日の晩飯はどうするか？

また食事を買い込んで姉貴の所に顔を出すのもいいな。ダンジョンでのクロエの活躍や成長を話して聞かせるのもいいだろう。

姉貴は、冒険者という仕事は極端に危険だと思い込んでいるからな。おそらく、オレが冒険者になりたての頃、毎日のように怪我をして帰ってきたことを覚えているのだろう。

まぁ、確かに冒険者は死と隣り合わせの仕事だが、自分の実力を客観的に見て、無理をしなければそうそう死ぬことはない。まぁ、それでも生き急ぐバカは絶えないんだがな……。

「はぁ……」

冒険者という仕事をやっていれば、死というのは案外身近にあるのだと嫌というほど思い知らされる。オレも知り合いが死んだなんてことは数えきれないほど経験した。あの内臓が鉛に置き換わったかのような重苦しさは、何度経験しても慣れるということはない。

少しばかりブルーな気持ちになりながら、オレは冒険者ギルドのスイングドアを開ける。

途端に集まるのは、冒険者たちの視線だ。いつもはすぐに逸らされる視線が、なぜか今日は張り付いたまま。どんどんと視線が集まっていく。

冒険者たちの顔には、笑顔が浮かんでいるわけでも、敵意が浮かんでいるわけでもない。一番近いのは困惑の表情だろうか。なんと声をかけたらいいのかわからないという若干のネガティブな色を湛えた愁いを帯びた表情。

つい先ほどまで、オレが来るまでは陽気に賑わっていた冒険者ギルドが、まるで今はお通夜のような状況だ。覚えのある状況。しかし、まさか……。

オレはある予感を覚えながら、視線を独占したまま、歩き出す。事情を知っていそうな奴の所へ。

その人物は、冒険者ギルドの隅のテーブルにひっそりと座っていた。濃い赤髪に深紅の外套を着た、恰幅の良いハーフドワーフ。

「よぉ、オディロン」

「お前さんか……まぁ、飲めよ」

いつもは笑顔でオレを迎えてくれるオディロンも、今日は暗い表情を浮かべていた。オレの中である予感が一層その存在感を増す。

「でよ、これはどういう状況なんだ？」

オレはオディロンの向かいに座り、酒の入ったコップを受け取る。チビリと飲むと、複雑な香ばしい味わいと強いアルコールの苦みと共に舌が、喉が、燃えるように熱くなる。ドワーフの大好物と有名な火酒だ。

オレに問われたオディロンは、何度か口を開きかけては閉じを繰り返し、最終的に大きなため息をついて、俯いたまま喋り出す。

「お前さんも察してはいるだろう？『切り裂く闇』の件だ」

オディロンのボソッとこぼした言葉に、オレの中の予感が確信へと変わる。しかし、オレは信じたくなくて敢えて陽気に口を開いた。

「『切り裂く闇』ねぇ。ブランディーヌたちか。アイツらがまたバカやらかしたのか？」

まったくしょうがねぇな。そう明るく呟きながら、オディロンの言葉を待った。オディロンの表情は相変わらず暗い。嫌な予感がますます大きくなる。

「バカか……。確かにバカをした。それも特大のな。あ奴らはお前さんの忠告も聞かず、五人で『女王アリの尖兵』に潜ったんだ……」

「ッ！」

忠告をした時のアイツらの反応からして、次はレベル7ダンジョンに行くつもりだと察してはいた。だが、よりにもよって『女王アリの尖兵』かよ……。

「……何人残った？」

アイツらの実力で『女王アリの尖兵』を制覇できるわけがない。そして、もし『女王アリの尖兵』に潜ったのなら、無事で済むわけがない。

オレは恐る恐るオディロンに確認する。できれば全員生きていてほしいが……。生きているなら、命さえあればなんとかなる。

オディロンが苦い表情を浮かべて、たっぷりと時間をかけて口を開く。

「……一応、全員生還した」

「はぁー……」

オレは、深く安堵のため息をつく。ブランディーヌたち、『切り裂く闇』の実力で、レベル7ダンジョンの中でも屈指の難易度を誇る『女王アリの尖兵』に潜って、全員生還する。そんなのは、奇跡という言葉も生ぬるいほど稀なことだ。

「良かった……」

「良かった？」

オレの心の底から漏れ出た言葉に、オディロンが反応する。オディロンは、なんとも不思議そうな顔でオレのことを見ていた。

「そんなにあの連中が生きてたことが嬉しいのか？」

「まぁな。怪我の容態はどうなんだ？　冒険者として、やっていけそうか？」

これでも、オレはアイツらが成人したての頃から面倒見てた身だからな。生きててくれてホッとしているのが本音だ。決して仲がいいわけじゃなかったが、知り合いの死ってのは、この年には堪える。

「王都に辿り着くなり教会に駆け込んだらしいからの、大丈夫じゃと思うが……」

「そうかぁ」

王都の教会に辿り着いたんなら大丈夫だろう。強力な治癒のギフトの使い手が何人も控えているし、死んでなけりゃたいていは治るらしいからな。まぁ、その分高くつくが……。アイツらには手切れ金として大金を渡しているし、問題ないだろう。

オレは再び安堵のため息をつく。知らず知らずのうちに緊張していた体が、ゆっくりと解けていくのがわかった。

そんなオレの様子を見て、オディロンもゆっくりとため息をつくのがわかった。

「まったく、お前さんらしいと言えばそうだが……。普通、あんな手ひどい裏切りみたいにパーティを追放されれば、『切り裂く闇』の連中を心底恨んでも仕方がないだろうよ」

オレを見ながら、呆れたように言うオディロン。

確かに、オディロンの言う通りなのかもしれねぇが、今となっては、オレはそこまでブランディーヌたちのことを恨んではいなかった。

「まぁ、オレにとっても丁度いい転機になったからな。パーティを追い出されたおかげ、なんて言うのも変な話だが、おかげでオレは余計なしがらみを感じずに姪っ子たちの面倒を見られているからよ。なんて言ったか？　禍（わざわい）を転じて福と為すだったか？　確か、エルフの言葉にあったろ？　あれだ」

「はぁー……」

オレの言葉を聞いて、オディロンがまた呆れたようにため息をついた。

「お前さんは、楽天的というか、なんというか……。誰もがお前さんみたいに考えられりゃいいんだろうがなー……」

そう言って、オディロンは目を伏せて自慢のヒゲをしごく。何か言いたいことがある時のオディロンのクセだ。

「……何か、あったのか？」

「うむ……」

オディロンが、テーブルに身を乗り出して、口元に手で筒を作ってみせる。内緒の話があるらしい。

オディロンのような、むさくるしい男と内緒話なんて嬉しくもなんともないが、それはお互いさまだろう。オレもテーブルに身を乗り出して、オディロンの口元に耳を近づける。

「これは教会からちょろっと漏れ聞こえてきた話で、本当かどうかはわからねぇが……。『切り裂く闇』の連中は、今回で懲りたわけじゃねぇらしいぞ？」

懲りたわけじゃない？

ブランディーヌたちは、レベル7ダンジョン『女王アリの尖兵』で、己の未熟を悟ったわけじゃねぇってことか？

なんだか良くない流れだ。

せっかく奇跡的に助かった命だ。粗末にしてほしくはないのだがな……。

「あ奴ら、教会でちと騒動を起こしたようでな」

「騒動？」

オディロンの言葉をオウム返しに問う。

教会は、大怪我をする可能性の高い冒険者にとって、いざという時に頼りになる施設だ。実際に、世話になった冒険者も多い。

そんな最後の砦とも言える教会で騒動を起こした？

教会からの心証を悪くして、いいことなんて一つたりともねぇのに、ブランディーヌたちは頭がイカレてるのか？

「なんでも、お前さんへの罵詈雑言(ばりぞうごん)を吐いて、暴れたらしい。相当恨まれているようだぞ？」

「なんで、オレが恨まれてるんだよ……」

まったく意味がわからない。オレがブランディーヌたちを恨むのは、まぁわかるが、ブランディーヌたちの方がオレを敵視する理由なんてないはずだが……。

ブランディーヌたちにとっては、オレをこっぴどくパーティから追放することで、ある程度の溜飲が下がったと思っていたのだがな。なぜ、オレはそんなにもブランディーヌたちに恨まれているんだ？

「さぁな。バカどもの考えることなんぞわからんよ。大方、都合の悪いことは、全部お前さんのせいにでもしてるんだろうよ」

そう言って、オディロンが机の上から身を引いていく。そのヒゲで下半分が埋まった顔には、明らかな侮蔑の表情が浮かんでいた。

「さすがにそれはねぇと思うが……」

そんなことをすれば、自らの失敗を省みることができない。冷静に自分たちの実力を測ることができず、たとえ誤った選択をしたとしても、気が付けない。

さすがにブランディーヌたちはそこまでバカじゃねぇと思いたいが……。

パーティからオレを追い出す際に、まるで熱に浮かされたような、尋常ではないブランディーヌたちの様子もオレは知っている。

ちょっと判断がつかねぇな。今度会った時に、それとなく忠告しておくか？

だが、この前会った時の生意気な態度を思い出すと、忠告する気が失せてくるな。

それに、法外な手切れ金も払ったのだ。必要以上にブランディーヌたちに干渉するものでもないか。第一、ブランディーヌたちが喜ばんだろう。アイツらは、オレの影響下から出るためにオレをパーティから追い出したと言えるのだからな。

だが、ここで見て見ぬふりをするのも……。

「お前さんは、今はあのバカどもではなく、新しいパーティのメンバーのことを考えるべきだな」

オレが悩んでいるのを察したのだろう。オディロンから今のパーティを第一に考えるべきだと声がかかる。

「そいつは、そうだが……」

煮えきらない態度のオレに、オディロンが呆れたような顔で口を開いた。

「あ奴らのことなど考えても無駄だ。お前さんの話なんぞ、端から聞く耳持たんからな。そんな無駄なことに時間を使うよりも、もっと有意義なことに、未来ある今のパーティメンバーにこそ時間を使うべきじゃと思うぞ？」


「あじゃぱー……」

自分でも意味のわからない謎の言語を口からこぼしつつ、オレは王都の大通りを歩いていく。視界が少しゆらゆらと揺れているが、オレは自分が酔っ払っていることを自覚していた。つまり、正常な自己判断ができている。完璧でパーフェクトだ。にゃおーん！

路地から顔を出す太々（ふてぶて）しい顔の野良猫に挨拶し、オレはいい気分で街を練り歩く。

あの後、オレは冒険者ギルドでオディロンと酒を飲みながら情報交換をしたのだが、いやぁー……判断をミスったな。

オディロンは、その立派なヒゲ面の見た目通り、ドワーフの血を引くハーフドワーフだ。カパカパ杯を空けるザルなオディロンに感化されて、つい飲み過ぎてしまったのだ。

複雑で、しかしまろやかな舌触りと苦いアルコールの味。ポッと熱くなる舌と喉。鼻に抜ける燻製のような香ばしい香り。ドワーフの職人謹製の火酒は、たった三杯でオレを酔わせてくれた。

悪酔いはしないらしいし、お値段は張るが、酔いたい時にはもってこいの酒だろう。飲む量も少なくて済むし、逆にリーズナブルかもしれない。

オディロンには、まだまだ付き合えと言われたが、オレはオディロンに断りを入れると、冒険者ギルドを出ていた。これからマルシェで飯を買って、姉貴の家にお邪魔するつもりなのだ。

相手が誰であろうと、オレの家族との逢瀬の邪魔はさせないぜ。

今回、長い間クロエと共にダンジョンに潜っていたからな。姉貴も寂しがっているだろう。そうじゃなくても心配性な姉貴のことだ。オレたちが怪我していないか、毎日心配していたに違いない。

姉貴には、悪いことをしている自覚がある。だから、早く帰って無事な顔を見せて安心させてやりたい。

「るーるる、るるるるーるる」

ご機嫌に鼻歌を響かせて、オレは目的地へと到着した。

「安いよ安いよー」

「旦那！　良かったらどうです？　ウチは品ぞろえが……」

「寄ってらっしゃい見てらっしゃい」

「ちょいと奥さん見てってちょうだい」

「らっしゃい、らっしゃい。夕食のおかずにどうだい？」

もう日が暮れているというのに、この場所は明るく、活気に満ちているな。丁度、仕事帰りの連中と、これから夜の仕事に出る連中で賑わっているのだろう。

いつもはそんなこと感じないのに、こうも明るいと、なんだかオレまで楽しくなってくるな。

オレも光の市場に繰り出そうとした時、ハタと気が付く。

「やべぇな。また籠、忘れちった……」

また姉貴に呆れられちまうが、まぁ籠なんてのは、はした金で買えるからな。大丈夫だろう。姉貴もご近所さんに籠を配って評判がいいらしいし、一石二鳥だな。

オレは自分でもよくわからない理論を展開しつつ、マルシェの騒ぎの中に入っていった。


「ちょわーっす」

オレはテンションも高く姉貴の家に突撃する。勢いよくドアを開けば、目隠しのために垂れ下がった粗く安っぽい布がオレを出迎えた。

なんだか勢いがそがれたものの、オレは布を手で弾き上げて家の中へと入っていく。布の向こうは、すぐにキッチン兼リビングだ。姉貴は竈の前で腕を組んでいるところだった。何をしているんだ？

姉貴はオレの来訪に気が付くと、振り返ってホッと安堵したような笑みを見せる。姉貴の姿を見て、ホッとしたのはオレも同じだ。何せ、十四日も姉貴を独りにしちまったからな。

オレは一度ダンジョン攻略に出れば、それ以上に日数がかかることがあるから慣れている。だが、いつもクロエと一緒に生活していた姉貴にとっては慣れない日々だっただろう。気の強い方の姉だが、孤独を感じた夜もあるだろう。まったく、オレもクロエも姉貴泣かせだな。反省しねぇと。

「おかえりなさい、アベル。あんたも来たのね」

「おう！　一応、顔見せにな」

オレはそれだけ言うと、テーブルに三つ並べられた椅子の一つに座る。

姉貴はいつも、オレが来ると「おかえりなさい」と迎えてくれる。椅子も三つ常備されているし、こういう細かいところで、姉貴に家族として迎え入れられている実感が湧いて、オレは心が温かくなる。

姉貴に再会できてハッピーなオレだが、クロエの姿が見えないことが寂しく思えた。

「クロエはどうしたんだ？　先に帰したはずだが……」

「あの子なら寝てるわ。帰ってきた途端に寝ちゃって……。かなり疲れていたみたいだけど、無茶はしてないでしょうね？」

姉貴が両手を腰に当てて、オレを睨み付けるように怖い顔をしてみせた。オレが幼い頃から見てきた、お説教モードの姉貴の顔だ。

そんな姉貴に、オレは即座に両手を小さく上げて無条件降伏する。

「いやいやいや、そんなことしてねぇーって！　クロエたちには体力が足らねぇから、そりゃ少しは負荷をかけたけどよ？　断じて無茶なんてしてねーって！」

「ならいいけど……。まったく、男の子と女の子じゃ体力が違うんだから、ちゃんと気を付けるのい。

まさに、その男女の違いに悩ませられることが幾つもあったオレにとって、姉貴の言葉は耳に痛い。

「へいへい……」

オレは、真っ黒な収納空間からマルシェで買った籠と鍋を取り出して、話題を変えることにした。

「それよりも飯にしようぜ？　今日は美味そうな羊肉の赤ワイン煮込みを見つけてよ……」

「あんた、また籠を忘れたでしょ？　便利なギフトがあるんだから、籠も入れておけばいいじゃない？　それに、また鍋ごと料理を買ってきて……」

「いいじゃねぇか。細けぇことはよ」

「いい？　こういう細かいところから、節約の道が始まるのよ？　あんたも、お金に胡坐をかくようなマネは止めなさい」

こっちの話題も藪蛇だったか……。オレはしばらく姉貴のお小言に付き合う羽目になるのだった。

◇

「クロエー！　ご飯よー！」

「あい～……」

寝室のドアを貫通して聞こえるママの声に返事をしながら、あたしはベッドの上で体を起こした。

そうだった。あたし、冒険から帰ってきて、ご飯ができるまでの間、横になってたんだった。

「んぐ～……」

腕を中途半端に上げて、ベッドに座ったまま背筋を伸ばすと、ポキポキッと小さく音を立てた。

それだけのことで、体が浮き上がりそうなほど軽くなった気がする。気持ちいい。

「はぁ……」

腕を下ろすと、途端に重力に捕まったように体が重くなる。すごく疲れているわけじゃない。でも、じんわりと重たくなるような鈍い疲れを感じた。

軽く仮眠を取ったけど、まだまだ疲れが残っている。きっと体の芯の方が疲れているのだろう。

今回の冒険は、長かったからね。

今回の冒険の目的地『ゴブリンの巣穴』は、レベル2のダンジョンだったけど、すっごく緊張した。だって叔父さんが見てるんだもん。少しでもいいところを見せたくて、少し空回りしていたかもしれない。

それに、ダンジョンボスのホブゴブリンたちは純粋に強かった。今さらレベル2のダンジョンで得るものがあるのか心配だったけど、いい意味で予想を裏切られた。いろんな武器を使ってくるし、エルもジゼルも勉強になったと言っていた。

今回、『ゴブリンの巣穴』に行こうと言い出したのは、叔父さんだった。さすが叔父さん。あたしたちの実力を見抜いて、最適なダンジョンに連れていってくれたのだと思う。噂では、叔父さんはこの王都の全ての冒険者の動向を把握しているらしいし、あたしたちのこともとっくの昔に知っていたのだろう。

やっぱり叔父さんはすごい！　さすが王都でも三人しかいないレベル8冒険者！

「よっと」

あたしはベッドから飛び降りると、髪を手櫛で整えながら寝室のドアの前に立つ。そして、自分の体を見下ろして、おかしなところがないかチェックする。今日も叔父さんが家に来てくれるかもしれないから気は抜けない。

「よしっ」

いつも着ているワンピースを叩いて埃を飛ばすと、あたしはゆっくりと寝室のドアを開けた。あたしなりにおしとやかな女の子を演じているのだ。

ドアを開けると、テーブルのいつもの席に叔父さんの姿があった。あたしの胸の鼓動が、それだけで高鳴るのを感じた。今まで冒険中はずっと一緒にいたのに、やっぱり少しでも離れてしまうと、また会いたくなる心を抑えられない。

トクトクと高鳴る胸の鼓動に動かされるように、あたしはテーブルへと足を踏み出す。何かおかしな感じがして自分の体を見下ろすと、右の手足が一緒に出ていた。

こんなんじゃ、緊張してるのが叔父さんにバレちゃう！

あたしは一気に顔が熱くなっていくのを感じた。顔なんて赤くしたら、ますます叔父さんに気付かれてしまう。あたしは小さく深呼吸すると、意識して右足と左手を前に出して歩き始める。少し動きが硬い気がするけど、まぁ合格点だろう。合格点だといいな。

「その、おかえりなさい、叔父さん」

「おう。クロエもさっきぶりだな」

あたしの言葉に、叔父さんが笑みを見せる。いつもより長い無精ヒゲが、なんだか野性的な魅力を感じさせた。

再び頬に熱が入るのを感じながら、あたしは急いで俯いて、イスに座る。赤い顔を見られるのは恥ずかしい。

「やっと来たわね。さあ、さっそく食べましょ。今日もアベルが外で買ってきてくれたの。ちゃんとお礼を言ってから食べるのよ？」

「ありがとう、叔父さん」

「おう」

あたし渾身の笑顔を叔父さんに向けてみる。叔父さんは、なんだか眩しいものを見るように優しく目を細めていた。

叔父さんは優しい笑顔を浮かべてはいるけど、その顔色は普段と変わらない。できれば、叔父さんをドキッとさせたかったけど、あたしの不意打ちは、どうやら失敗したらしい。防御固いなー……。

思い出せば、叔父さんが顔を赤らめて照れているところを見たことがない。いつかは見てみたいけど……。

あたしも背が伸びて、エルやイザベルみたいに胸が大きくなれば、叔父さんを照れさせることが

できるだろうか？

少なくとも、叔父さんには、あたしのことをただの姪ではなく、女の子だと認識してほしい。だけど、その道のりは長そうだ。

「いただきます」

「おう。食ってくれや」

「いただきまーす」

あたしは、出そうになったため息をのみ込んで、みんなに合わせてそう口にする。

教会や孤児院では、もっと長い食前の祈りがあるようだけど、あたしの家ではこんな感じだ。あたしは、叔父さんが食前の祈りを唱えることもできることを知っているけれど、叔父さん自身が堅苦しいのは嫌いなのか、省略することが多い。

あ、このキッシュおいしい。

「事前に聞いてはいたけど、本当に十四日も冒険なんて……。根を詰め過ぎじゃない？」

ママは相変わらず心配そうな目であたしと叔父さんのことを見ていた。一人娘が心配なのはわかるけど、ママは心配性過ぎるのよね。もうちょっとあたしと叔父さんのことを信用してほしいところだけど、ママの気持ちを考えると難しいわよね。あたしと叔父さんが冒険に行ってる最中は、ママ一人になっちゃうし……。

「心配ねぇって。オレもクロエたちも怪我一つしてねぇからな。今回は、ダンジョンが王都の近くだったからこんなもんで済んだが、遠方のダンジョンに潜るなら、もっと時間がかかることもあるぜ？」

「はぁー……」

ママは、頭が痛いとばかりに手で額を覆ってしまった。早くママが心配しなくなるような実力を身に付けたいところだけど……。レベル8の叔父さんも未だにママの心配の対象みたいだから、それは難しいかも。

「まぁ、そんな顔すんなって。今回のダンジョン攻略で、クロエの実力もだいぶ上がったんだぜ？まぁ、稼ぎの方は雀の涙だがな」

「えへへ……」

叔父さんに褒められて、思わず笑みがこぼれてしまった。

確かに、叔父さんの言う通り、稼ぎという面では、本当にお小遣いといった額しか稼げなかったけど、それも事前に説明されていたし、仕方がない。叔父さんは稼ぎよりもあたしたちに実力が身に付くように計画を立ててるみたいだ。だけど、やっぱり早く自分で稼げるようになりたいわ……。まぁ、実力を身に付けて着実に進んだ方がいいのはわかってるんだけど……。女の子は、いろいろと物入りなのだ。

「命がけで、稼ぎが雀の涙って……。全然、わりに合ってないじゃないの……」

「まぁ、最初のうちはそんなもんだって。その分、後からわんさか稼げるようになる」

「わんさか……」

いっぱい稼げるようになったら、何をしよう？

まずは、服や下着を買い替えないとね。今のままでは、叔父さんの隣に立つのは恥ずかし過ぎる。後は、エルの部屋には、かわいいぬいぐるみがたくさんあったし、あたしもぬいぐるみとか欲しいかな。

それに、ママにも楽させてあげないとね。叔父さんは、よくマルシェの食べ物を買ってきてくれるけど、今度はレストランに食べに行くというのはどうかしら。それと、ママにもやっぱりおしゃれしてほしい。どれぐらいお金がかかるのかわからないけど、エルのお家みたいに、お手伝いさんを雇うのもありかしら。でも、そのためには、まずお引越しからね。こんな狭い家にお手伝いさんを呼ぶなんて、なんだか変な感じだもの。

お引越しするためには、まずはお引越し先を決めないとね。今のアパートも住み慣れてて愛着はあるけど、さすがに狭過ぎる。あたしにも専用の部屋が欲しいわ。ママの部屋も必要だし、それに、今は宿暮らしみたいだし、叔父さんの部屋も……。

いえ、この場合、夫婦の部屋になるのかしら。

夫婦……。その言葉だけで、あたしの鼓動は速くなっていく。

それにしても、叔父さんはいつになったらあたしにプロポーズしてくれるのかしら？

あたしももう成人したし、大人になったのだからそろそろだと思うんだけど……。何も言ってくれないとちょっと不安になるわね。この間なんて、あたしの前だというのにイザベルに「エルフのように綺麗だ」なんて歯の浮くようなセリフを吐いていたし、ジゼルとくっついてたし……。

浮気は絶対に許さないんだから！

閑話① マルティーヌ

あたしはマルティーヌ。アベルの姉にして、クロエの母親よ。

まぁ、本当はアベルとは血がつながっていないのだけど、そんなことは些細(ささい)なことよね。

「アベルとクロエたちは……今頃ダンジョンかしら?」

アベルたちのパーティ『五花の夢』が王都を旅立って今日で三日目。二日目にはダンジョンに着くと言っていたので、もうダンジョンに着いて潜っている頃だろう。

『五花の夢』は、「いつか夢が叶いますように」という願いと、パーティメンバーである五人の少女たちをもじって付けた名前らしい。確か、そんなことをクロエが活き活きと語っていたわ。

確かにかわいらしい名前だと思うけど……。母親としてはやはり心配が勝ってしまうわね。

アベルが入ったことで多少マシになったけど、やっぱり娘たちが危険なダンジョンに潜ってるなんて胸が押し潰されてしまいそう。

願わくば、アベルが五つの花を支える茎や葉、根っこになってくれればいいと思う。

みんな見知らぬ娘たちじゃないからね。

リオン商会のお嬢様であるエレオノール。近くにある教会の孤児院出身であるイザベルとリディ、そしてジゼル。みんなが幼い頃からの知り合いで、自分の娘のように思うこともあるほどだ。

「みんな、無事に帰ってきて……」

知らず知らずに呟かれたそんな言葉が、台所にこぼれ落ちる。

その後に感じるのは、孤独感を伴う静寂。ちゃぷちゃぷとお皿を洗う音だけが響いている。

いつもならこの時間は、クロエと一緒に朝食を食べている頃のはずだ。クロエ一人いないだけでも、こんなにも寂しいなんてね。こんなことがあと十日以上も続くなんて、あたしは耐えられるのかしら。

アベルの時もそうだったけれど、冒険者というのは長い間家を留守にすることが多い。アベルが家を持たずに未だに宿暮らししている理由の一つだ。

本当は立派な家を持てるぐらい稼いでいるくせに、今のところ所帯を持つつもりはないみたいだ。

「まぁ、あたしにとっては好都合だけどね」

あたしの秘かな野望。それは、アベルとクロエを結婚させることだ。クロエにその気がなかったら諦めようと思っていたけど、クロエもアベルのことが好きみたいだし、いいわよね？　やっぱり母娘って男の趣味も似るのかしら？

あたしは穢(けが)れ切ってしまったけれど、きっとクロエなら……！

「でもアベル、昔から鈍感だから……」

きっとクロエもアベルを振り向かせるのは苦労するでしょうね。

それに、『五花の夢』のパーティメンバーは、アベル以外が全員若い娘だ。ヤキモキすることもあるだろう。ひょっとしたら、他の娘にアベルを取られてしまうかもしれない。

「まぁ、なるようになるでしょう」

たとえクロエが選ばれなかったとしても、あたしにはアベルの選択を責めるつもりはない。

全ては巡り合わせだ。

「よし！」

ようやく溜まっていた洗い物を片付けると、あたしは仕事に向かうのだった。

閑話②　オディロン

「じゃあな、オディロン。また頼むぜ」

「ああ、気を付けるんじゃぞ？」

「おう！　あじゃぱー」

儂（わし）、オディロンはフラフラと歩いていくアベルを心配そうに見つめていた。まぁ、アベルも冒険者じゃし、滅多なことでは後れを取らんだろう。

そう思いなおして、テーブルの上に置かれた火酒を呷（あお）る。

喉がカッと熱くなる感覚。強い酒精と、それでいてまろやかな風味。やはり火酒は最高じゃわい。

「しっかし……」

儂は冒険者ギルドから出ていくアベルを見ながら思う。今度こそ、アベルを大切にしてくれるパーティであれば良いと。

「確か『五花の夢』じゃったか？」

なんでもアベルの姪もいるパーティだ。滅多なことはないと思うが、それでも心配じゃ。

「アベルの能力を見抜いてくれるパーティであることを祈る他ないの……」

アベルは特異な力を持っておる。それは人を導くリーダーの力じゃ。

儂がそのことに気が付いたのは、アベルが二度目の追放を受けた時のことじゃった。

最初は哀れではあるが仕方がないと思っておった。マジックバッグを手に入れれば、荷物持ちの必要がなくなる。なんとも情のない話ではあるが、アベルを追放して新たなメンバーを加えることは、手っ取り早くパーティを強化できる方法として有用じゃった。

しかし、アベルを追放したパーティはすぐに解散してしまった。一度は攻略したはずのレベル6ダンジョンの攻略はおろか、レベル5ダンジョンの攻略すらできなくなってしまったのじゃ。

この王都でも頭角を現していた冒険者パーティの不振に誰もが首を傾げた。

そして、目敏(めざと)い者だけがアベルの能力に気が付いたのじゃ。アベルは冒険者を導き、成長させる天賦の才がある。

そのことに気が付いた時、アベルは既に『切り裂く闇』のパーティメンバーになっておった。

そして、皆が驚くことになる。

アベルはまだひよっこと呼べるブランディーヌたち、新人冒険者の中でもハズレと呼ばれていた彼らを私財を投じて教育し、瞬く間に一人前の冒険者にしてみせた。

今の若い奴は知らないだろうが、その時の衝撃を覚えている者ならば、アベルがレベル8冒険者に認定されている意味がわかるだろう。

儂もアベルに感化されて、新人の教育に手を出してみたのはその後じゃった。

その結果、人を教育するのがこんなに難しいのかと思い知らされることばかりじゃった。新人にそんな難しいことを要求した覚えはない。できる奴はすぐにできる。じゃが、できない奴はいつまで経ってもできない。

そして、儂はできない奴にかける言葉を持っていなかったのだと気付かされた。

儂らが感覚的にできていたことについて、できない者に説明するのはとても困難だったのじゃ。

それをアベルはまるで教師のようにすらすらと教えることができる。

一度、なぜそんなことができるのか聞いてみたことがあった。

『オレは何もできない奴だったからな。できない奴がどこでつまずくのかわかるし、どうすりゃいいのかもわかるってだけだ』

そう言って、アベルは笑っておった。

その言葉を聞いた時、儂は鳥肌が立ったことを今でも覚えている。

本人も言う通り、アベルは何もできなかったのだろう。戦闘系のギフトでもないし、教えてくれる先達もいなかった。アベルは諦めてしまうのではなく、独力でできないことを一つずつ習得していったのだ。

アベルは弱い。じゃが、その弱みを強みへと見事に昇華していた。

生まれて初めて他人を天才じゃと思った。

ギフトの力に胡座をかいている我らとは違う本物の才能だと思った。

じゃが、エルフの古い言葉にある通り、天才とは凡人に理解されないものだ。アベルがあれだけ手塩にかけて育ててきた『切り裂く闇』もアベルを切り捨ててしまった。

儂だけはアベルの味方であろうと固く心に誓う。

そして、アベルが過去に脅かされることなく、未来に目を向けることができるように願った。

あとがき

初めましての方は初めまして、WEBからの方はこんにちは、くーねるでぶる（戒め）です。

気が付いている方もいらっしゃると思いますが、名前の由来は食う寝る太るから来ています。それを戒めているわけですね。

もうこれ以上太りたくはないんや……。

さて、そんな話は置いておいて、今作が私の書籍化第一号になります。初めてのことで関係者の方にはいろいろとご迷惑をおかけしてしまいました。反省ですね。申し訳ありませんでした。

初めての書籍化作業を導いてくれた編集者さん、美しいイラストの数々を描いてくださった紺藤ココン先生、そして、本作を読んでくださった読者の方に最大級の感謝を捧げたいと思います。

本当にありがとうございます。

さて、あとがきって何を書けばいいんでしょうね？　初めてのことで勝手もわからないので、どうしようか悩んでいます。

作品を書く際、私は音楽を聴くことが多いのですが、自分でプレイリストを作るとどうしても偏ってしまうので、Ｖｔｕｂｅｒさんの歌枠を聴くことが多いです。割とランダムに歌ってくださいますし、流行の曲なども取り入れてくださるので、新しい曲と出会えて楽しいですよ。

さあ、みんなでＶの配信を見よう！（Ｖオタク）

あとがきってこんな感じでいいのでしょうか？

いいのか？　いい気がする。たぶんいいだろう。たぶん。

最後に編集者の方々、紺藤ココン先生、そして、お買い上げくださった読者の皆さんにもう一度最大級の感謝を。

本当にありがとうございます！

ではでは、また今作の二巻や他の作品でお会いできたら幸いでございます。

またね！

BKブックス

パーティ追放から始まる収納無双！

～姪っ子パーティといく最強ハーレム成り上がり～

2024年11月20日　初版第一刷発行

著　者　くーねるでぶる（戒め）

イラストレーター　紺藤ココン

発行人　今 晴美

発行所　株式会社ぶんか社
〒102-8405　東京都千代田区一番町29-6
TEL 03-3222-5150（編集部）
TEL 03-3222-5115（出版営業部）
www.bknet.jp

装　丁　AFTERGLOW

印刷所　株式会社広済堂ネクスト

ISBN978-4-8211-4693-2